Klaus Ungerer

Der weinende Mörder

Zu diesem Buch:
Alle hier beschriebenen Fälle haben sich tatsächlich zugetragen. Die Namen der Täter, Opfer und Zeugen wurden aus personenrechtlichen Gründen verändert.

Klaus Ungerer, Jahrgang 1969, ist in Lübeck aufgewachsen und lebt heute als Schriftsteller in Berlin. Zuletzt erschien: *So rettete ich die Welt. Bekenntnisse eines hoffnungslosen Weltverbesserers* (Klett-Cotta, 2015). Alle Texte des vorliegenden Buchs stammen aus seiner Gerichtskolumne im Feuilleton der *Frankfurter Allgemeinen Zeitung.*

Klaus Ungerer

Der weinende Mörder

28 Straffälle aus dem
Berliner Kriminalgericht Moabit

Bild und Heimat

ISBN 978-3-95958-037-3

1. Auflage

Umschlaggestaltung: fuxbux, Berlin
Umschlagabbildung: © Fotolia / Kozini; © Shutterstock / Izzet Ugutmen
Druck und Bindung: GGP Media GmbH, Pößneck

Ein Verlagsverzeichnis schicken wir Ihnen gern:
BEBUG mbH / Verlag Bild und Heimat
Alexanderstr. 1
10178 Berlin
Tel. 030 / 206 109-0

www.bild-und-heimat.de

Inhalt

Der langsame Tod in der schnellen Welt

Wie eine sechsköpfige Familie stirbt, weil niemand das Fenster aufmacht

Die Gastherme, die sechs Menschen töten wird – vier Kinder, die Mutter, den Stiefvater –, sie ist eigentlich in Ordnung. Sie verrichtet ihren Dienst, genau wie sie soll. Lange war sie außer Betrieb, aber nun strömt das Gas. Soeben hat der Installateur Herr Schwierzke es wieder angestellt, jetzt verbrennt die verranzte, verstaubte Therme es brav, sorgt für warmes Wasser, kann vielleicht sogar die bodenkühle Erdgeschosswohnung in der Köpenicker Puchanstraße warm bekommen, damit es ein Leben ist in dieser nicht ganz so reizvollen Gegend.

Acht Jahre lang war das Gas abgestellt, wie auch immer man es anstellen mag, dort dann zu leben. Seit 2003 hatte die Mieterin Frau Haas, Jahrgang 1963, weder Heizung noch Warmwasser, da sie ihren Zahlungsverpflichtungen nicht nachgekommen war. Um dem Berliner Winter wenigstens ein wenig entgegenzusetzen, bat sie ihren Sohn Robert im Januar 2007, den Abzug der Therme zu verstopfen. In der Wohnung zog es nämlich. Der kurzgeschorene, einsilbige Sohn schritt zur Tat, ein Lappen und ein paar alte Zeitungen genügten, dann ruhte die Zugluft. Und die Therme verstaubte vor sich hin, sie wurde ja nicht gebraucht, lange nicht, bis schließlich Frau Haas 2011 die Wohnung verließ und eine ganze neue Familie einzog in die Puchanstraße: Die bekommen nun das Gas wieder angestellt. Und gäbe es Vorschriften zur Wiederinbetriebnahme von Thermen nach so langer Zeit, oder gäbe es eine umsichtige Hausverwaltung, oder würden Handwerker noch so bezahlt, dass sie vielleicht ein bisschen die Augen aufmachen und Dinge nach ihrem Handwerkerverstand beurteilen statt nach dem kargen Auftrag: Dann würden jetzt sicher nicht nur die Leitungen zur Therme und zum Herd hin geprüft. Sondern es käme Herrn Schwierzke auch die Idee, die verschmutzte, vergessene Therme in der Küche zu inspizieren. Dann begnügte er sich nicht mit dem kurzen Abnicken des fließenden Warmwassers. Er ließe die Therme ein wenig laufen, denn brav läuft sie ja, und dann, nach viereinhalb Minuten, passierte es: klick. Verschwände die kleine, unscheinbare Gasflamme. Schaltete die Therme sich aus. Weil ihre Sensoren die Abgaswerte im Ausgangsbereich erfasst und richtig gedeutet hätten: Kohlenmonoxid in einer Menge zum Fürchten.

Aber diese viereinhalb Minuten sind nicht vorgesehen im Auftrag. Die ganze Therme kommt nicht vor. Denn die Welt, sie ist nicht immer zum Besten geordnet, ein grausamer Wille zu Glück und Unglück wohnt in ihr. Jedes Regelmaß ruft seinen Gegenspieler auf den Plan, und je mehr Regelmaß in allen Abläufen vorhanden ist, desto leichteres Spiel hat der böse Unfall, den niemand mehr auf der Rechnung hat, da die Rechnung immer zu klein ist. Etwa hätte Herr Schwierzke ja kalkulieren können: Meine Firma ist heute nur ausnahmsweise in Köpenick unterwegs, für das wir sonst nie Aufträge kriegen, da die Hausverwaltung hier andere Lieblinge hat, und nur weil wohl ein Sachbearbeiter im Urlaub ist, bin ich also vorgedrungen auf unbekanntes Gebiet; noch größere Sorgfalt als ohnehin ist womöglich geboten. Auch hätte ein hellwacher, vielseitig interessierter Installateur ja von den Spatzen auf den Dächern hören können, dass der dänische Immobilieninvestor, welcher neben viel anderem Wohnschrott auch dieses Haus in Köpenick aufgekauft hat, sich aktuell in eine Finanzschieflage manövriert hat, so dass deutschlandweit die Mieter bitterlich klagen über Vernachlässigung, fehlende Heizung, überhöhte Abrechnungen, Warteschleifen ... Herr Schwierzke hätte, nach Erwägung all dieser Tatsachen, zu dem Schluss kommen können: Ein solcher Hausbesitzer und seine beigeordnete, dubios beleumundete Hausverwaltung kümmern sich möglicherweise nicht so intensiv um bestehende Gasanlagen, und wenn ich nun ausnahmsweise in Köpenick prüfe und Gas freischalte, dann weiß ich ja gar nicht, ob eine Anlage seit Ewigkeiten außer Betrieb gewesen ist ...

Einen solchen Installateur könnte man sich nur wünschen in einer kapitalistisch beschleunigten Welt. Aber eine kapitalistisch beschleunigte Welt läuft eben mit hurtigen und unterbezahlten Installateuren. Dieser hier stellt zufrieden das warme Wasser wieder ab. Die Therme schaltet sich aus. Herr Schwierzke kann sich verabschieden von der Kundschaft, hier war ihm eh zu viel Trubel: vier Kinder! Tür auf, Tür zu, ständig war da was los. Da konnte man kaum den Druck auf der Leitung messen. Die Familie aber freut sich: Sie hat warmes Wasser. Sie kann, wenn sie will, ihre klamme Erdgeschosswohnung endlich heizen, denn so wirklich kuschelig wird die auch im Sommer nicht von selbst, und am kommenden Wochenende wird es eher ungemütlich in Berlin.

So heizen sie drauflos, umso entschlossener, je mehr die Therme bockt: Die nämlich, wie gesagt, schaltet sich alle paar Minuten ab, so wie sie es auch tun sollte, da immer mehr Kohlenmonoxid in den Raum eindringt, statt den Weg durch die verstopfte Lüftung zu nehmen. Und dann, nach circa zwanzig Minuten, klick, da schaltet sie sich wieder an. Bald wieder ab. Und dann wieder an. Die beiden Erwachsenen mit den vier Kindern versuchen intensiv, ihre Wohnung mal so richtig einzuheizen. Sie haben die Fenster zu und die Rollos unten, sie wälzen die Betriebsanleitung der Therme, sie nehmen Ibuprofen und Paracetamol gegen immer stärker auftretendes Unwohlsein, sie messen Fieber, die Kinder übergeben sich, die Erwachsenen übergeben sich, die Therme springt an und geht wieder aus, springt an und geht wieder aus, wohl über Tage geht das so. Sechs Menschen, statt die Heizung auszuschalten, statt Tür und Fenster aufzureißen, werden immer matter, verwirrter, bleiben liegen. Sterben. »Es war ein schleichender Vergiftungsprozess«, sagt die junge Gerichtsmedizinerin. Alle Anzeichen deuten auf eine Kohlenmonoxidvergiftung, die Haut der Verstorbenen ist nicht blau, sondern »sehr schön rosa, wie es in der Literatur beschrieben wird«.

Sechs Menschen sind tot, vier Kinder, eine Mutter, ein Stiefvater. Der leibliche Vater wird ab und zu von BILD und *B. Z.* genutzt, um von seinen Gefühlen zu erzählen. Wer ist schuld? Frau Haas und ihr Sohn werden zu Geldstrafen verurteilt, 240 Tagessätze à 15 beziehungsweise 20 Euro. Herr Schwierzke, der Installateur, findet Halt in seiner Lieblingssentenz: »Heutzutage ist es leider so.« Heutzutage ist es leider so, dass die Handwerker nur noch machen, was auf dem Auftragszettel steht. Machen können. »Mein Auftrag war nicht die Überprüfung der

Therme.« Wenn Herr Schwierzke jetzt gewusst hätte, dass die Anlage seit acht Jahren außer Betrieb war, dann hätte er bei seiner Firma angerufen und gesagt: Hier muss wohl noch einiges mehr geprüft werden. Da hätte man die Zündung rausgeholt und gesäubert, oben, der Kasten, das war alles verdreckt, das war ja zu sehen, das hätte man gereinigt, den Wärmetauscher gebürstet und durchgespült, den Brenner geputzt, neue Dichtungen rein … Na ja, und natürlich hätte man dann auch das Abgasprüfgerät oben reingehalten an jenem Julitag 2011, und da hätte man sofort eine extreme Messung gehabt.

Herrn Schwierzke trifft daher keine Schuld. Er hat, wegen einer Fehlermeldung auf dem Display, sogar noch selbsttätig den Temperaturfühler gewechselt. Er hat – nach den Maßstäben einer immer schneller, immer reibungsloser funktionierenden Welt – alles richtig gemacht.

Herr Korkmaz sucht seinen Frieden

Wie ein unruhiger Mensch sich von der Polizei erschießen lassen wollte

Herr Korkmaz möchte gern Hilfe haben. Oder wenigstens, dass ihn jemand ins Gefängnis bringt. Wo er in Sicherheit ist. Herr Korkmaz steht da, um ihn herum spielt sich alles in Zeitlupe ab. In Zeitlupe stürmt die Polizei in die Neuköllner Sparkassenfiliale, mit gezogenen Waffen, in Zeitlupe zieht sich die Filialleiterin von ihm zurück, Herr Korkmaz verwehrt es ihr nicht, er steht da, er hat das Messer in der Hand, und er muss jetzt dringend nachdenken. Über so viele Dinge. Über sich selbst. Wieso steht er hier, wo kommt der Tumult her, wie hat er, der Friedliebende, in eine solche Situation geraten können? »Messer fallen lassen!«, brüllen die Beamten, die Schusswaffen im Anschlag. »Messer fallen lassen!« Sie haben erst auf die Beine gezielt, jetzt legen sie auf seinen Körper an. »Erschießt mich doch!«, ruft Herr Korkmaz. »Erschießt mich doch!« Vielleicht wäre ja das eine Lösung?

Der Tag ist nicht so gut gelaufen für Ibrahim Korkmaz, 35 Jahre alt. Wenige seiner Tage laufen so richtig gut. Herr Korkmaz wohnt in Berlin-Neukölln, er hat das zerklüftete Felsgesicht eines Preisboxers, sein gepflegtes Deutsch aber wäre jedes akademischen Mittelbaus würdig. Die Sinnzusammenhänge sind es nicht immer. Nicht an den schlechteren Tagen. Und dieser 28. Juli 2011 ist definitiv einer davon. In seiner Wohnung fühlt Herr Korkmaz sich schon länger nicht mehr sicher, aber wie soll man das auch, wenn von einem Tag auf den anderen Risse in einer Fensterscheibe auftauchen, und man weiß nicht woher, und man weiß nicht, ob jemand in der Wohnung gewesen ist.

Hinzu kam der Hunger. Herr Korkmaz ist sehr hungrig gewesen. Und nichts ließ sich dagegen tun. Denn Schulden hatten sein Konto übermannt, und als er versuchte, Geld abzuheben, da spuckte der Automat nichts mehr aus. Nur deswegen hatte Herr Korkmaz die große Sparkassenfiliale in der Karl-Marx-Straße aufgesucht. Irgendjemand musste ihm doch helfen! Aber die junge Dame da, die auf der anderen Seite des Tischchens saß, die hatte sich offenbar gegen die Hilfsbereitschaft entschieden. Die guckte auf ihren Bildschirm und gab vor, nichts für ihn tun zu können. Stand dann auf, ging weg, wohl um Verstärkung zu holen – und autsch! Hatte Herr Korkmaz sich in den Finger geschnitten. An dem Messer in seiner Tasche.

Mit der Polizei hat Herr Korkmaz bis zu diesem Tag wenig zu schaffen gehabt. Es gab da diese Angelegenheit mit seiner Schwester, deren Lebenswandel er nicht billigt. In diesem Zusammenhang kam es einmal zu einer Auseinandersetzung, und da hat er von den Beamten einen Platzverweis gekriegt, und mit seiner Schwester hat er seitdem nicht mehr viel zu tun.

Auch die Sache, die ihm vor einiger Zeit im Jobcenter unterlaufen ist, war nicht wirklich der Rede wert. Die betroffene Sachbearbeiterin wird vor Gericht selber dazu sagen: »Man meint nicht uns, man meint das Gesetz.« Sie sei selber auch schon mal Hartz-IV-Empfängerin gewesen, sie wisse, wie man sich fühlt. Herr Korkmaz hätte wohl lieber mit einem männlichen Sachbearbeiter zu tun gehabt und sei dann aber an sie geraten – einen kalten, starren Blick habe er gehabt –, mit nichts habe er sich ausweisen können und sei lauter geworden, und inmitten der Eskalation habe sie dann zu einem Kniff aus ihrer Kommunikationsschulung gegriffen, habe den Blickkontakt mit ihm gesucht, ohne zu zwinkern. Um ihm klarzumachen: bis hierhin und nicht weiter. Und dann, wird sie vor Gericht ganz sachlich aussagen, sei eben der volle Aktenordner knapp an ihrem Kopf vorbeigeflogen, die Brille habe ein bisschen gewackelt, sie denke nicht, dass er habe treffen wollen. »Auf einen Meter Entfernung trifft man.« Sie sei dann eine rauchen gegangen. Für die Anzeige habe aber ihr Arbeitgeber gesorgt, sie habe mit so etwas täglich zu tun, der Bildschirm sei auch schon geflogen. Letzte Woche habe jemand den Mülleimer eingetreten. »Aber wenn wir alles zur Anzeige bringen würden«, wird sie sagen, »dann säße ich oft hier.«

Herr Korkmaz will nur seinen Frieden. Aber den bekommt er so selten. Er hat nach bestem Gewissen versucht, die Geldstrafe abzuarbeiten. Hat immer getan, was ihm auferlegt wurde. Und trotzdem setzten sie ihn an die Luft. Erst die *Gebewo – Soziale Dienste:* Da hat er in einem Aufnahmeheim für Obdachlose gejobbt, hat Geschirr gepackt in der Küche, alles wie man es ihm gesagt hat, und eines Tages kam die Teamleiterin zu ihm und sagte: Er passe nicht ins Team. Er habe zu viele Brötchen gegessen. Die *Gebewo* hat ihm sogar Hausverbot erteilt. Seinem Betreuer haben die dann erzählt: Er habe eine provozierende Art! Er habe Kollegen eingeschüchtert. Ein wandelndes Pulverfass sei er. Woher auch immer die das nahmen.

Als Nächstes kam Herr Korkmaz zum Guttemplerorden, und die Guttempler fanden ihn nach ein paar Wochen »nicht mehr tragbar«: Herr Korkmaz störe das Betriebsklima. Dann kam er, letzte Chance, zum Möbelspendenlager von »Hilfe mit Herz« im Wedding. Sehr nette Frauen sind das, sehr verständnisvoll. Für die hat er dann Möbel geschleppt. Klaglos. Über Monate. Bis die Strafe abbezahlt war.

Er hat immer das Seine abgeleistet, er war immer korrekt. Ihm selber hat niemals jemand geholfen. Im Jobcenter hat ihm keiner geholfen. Als er seine Fenster zersprungen fand, hat die Polizei das nicht interessiert. Schweigen war die Antwort, als er wegen seiner Schwester einen Brief an die Kanzlerin schrieb. Jetzt ist es schon so weit, dass ihn der Hunger quält und niemanden das zu kümmern scheint.

So steht Herr Korkmaz da, das Messer in der Hand. Die Polizisten brüllen ihn an, sie zielen auf sein Leben. In einer Sekunde kann alles vorbei sein, können die kleinen Stahlgeschosse seinen weichen Körper durchschlagen. Herr Korkmaz braucht Bedenkzeit. Er weiß nicht, ob er das wirklich will. Er hat die Leiterin der Sparkasse mit diesem Messer bedroht. Aber er wollte ihr doch niemals etwas tun! Alles, was er wollte, war Hilfe. »Messer fallen lassen!«, brüllen die.

Und Herr Korkmaz lässt sein Messer fallen. Legt sich langsam hin. Auf den Bauch. Die Beamten sind über ihm. Legen ihm Handschellen an. Stellen ihn sicher. Einer von ihnen, ein kleiner Mann, fragt: Ob er sich nicht hinsetzen wolle. Aber Herr Korkmaz bleibt lieber liegen. Er fragt den Polizisten nur: Warum der so freundlich zu ihm sei?

Da kriegt er keine rechte Antwort. Der kleine Polizist, er zittert am ganzen Körper. Die Vernehmung macht dann eine Kollegin.

Herr Korkmaz will am Boden bleiben. Er liegt auf dem Bauch und gibt Auskunft. Geduldig befragt ihn die Beamtin. Herr Korkmaz sagt: Er wollte die alle abstechen, die Leute in der Bank. Und die Polizei, die wollte er auch abstechen. Er habe viele Gründe, Leute zu ermorden, er habe kein Geld mehr! Er wolle eine Mordanzeige.

Die bekommt er aber nicht. Herr Korkmaz wird ins Krankenhaus gebracht, er wird vor einen Richter gebracht. Jetzt hätte er gern seine Freiheit wieder. Er verspricht, er wird seine Medikamente nehmen! Und dass nie wieder etwas passiert. Auch in Freiheit kann man eine paranoide Schizophrenie ja behandeln lassen. Der fürsorgliche, menschliche Richter aber, er kann nicht anders: Er muss auch an die anderen Menschen denken. So spricht er Herrn Korkmaz frei. Und ordnet seine Unterbringung an in der Psychiatrie.

»Sie is' ja manchmal unjehalten!«

Wie ein alter Herr sich partout nicht erinnern konnte, ob seine Frau ihn beinahe totgeschubst hätte

Ein kleines, gelbes Männchen aus Wachs rollt herein, ihm wird stattliche Aufwartung gemacht: Seine Betreuerin von Gerichts wegen ist mit; eine Dame von der Sozialstation; die Gerichtsbarkeit sitzt mitsamt Schöffen im Raum; ach ja, und nicht zuletzt die Frau des gelben Männchens, Frau Larissa Klötzer, und ihr Anwalt. Das gelbe Wachsmännchen, 89 klapprige Jahre alt, es japst, kollert und ächzt. Auweia, wird es zusammenklappen, jetzt hier, jetzt gleich, im Angesicht seiner gewalttätigen Frau und des erlittenen Unrechts? Weggelaufen vor ihr ist es im Dezember vergangenen Jahres, weggelaufen vor ihr und ihren Drohungen: Wenn es nicht mehr Geld hergebe, dann komme sie mit ihren Brüdern wieder! Da ist das gelbe Männchen, denn laufen konnte es damals noch, da ist es also zur Wohnungstür hinausgetürmt, so will es die Anklageschrift, da ist es zwei Treppen runter und in den Vorgarten hinein, ehe es von seiner Larissa, 31, hohnlachend eingeholt und niedergeschlagen wurde – Sturz, Oberschenkelhalsbruch, Riesenblutverlust, Notoperation. Und seither der Rollstuhl. Das gelbe Wachsmännchen, es ist so tapfer, wilden Entschlusses stürzt es sich in dieses schwere Gefecht. Geduldig und freundlich fragt die Richterin alles ab, und das Männchen, der Hauptbelastungszeuge, hyperventiliert wie kurz vorm Abheben und gibt nacheinander zu Protokoll: Sie sind also die

Richterin, ja? Aha! Otto! 89 Jahre, geboren 16! Jawoll! Jawoll! Eine Scheidung kommt nicht in Frage!

Scheidung, welche Scheidung? Davon ist hier doch gar nicht die Rede. Hier sollen doch die Straftaten verhandelt werden, die man seiner Frau Larissa vorwirft, der Dame mit den dicken Zöpfen und dem dicken Silberkreuz auf dem Pulli, die irgendwie so verheult und gesichtsgedunsen aussieht, aber eben doch nicht zerknickt genug ist, als dass sie den Staatsanwalt nicht anfahren könnte: Er möchte sie bitte ausreden lassen! Frau Klötzer hat es nicht leicht: Alles ist ihr insolvent gegangen, das Solarium und die Friseursalons alle beide, nun hat sie gar nichts mehr zum Leben, und nie mehr hat sie solche Glückstage wie damals den einen: Als das wachsgelbe Männlein in den Frisiersalon kam, aus dem Wohnheim nebenan, und ihr überraschend die Heirat antrug. War das mal eine Aussicht auf Hilfe in Not! Otto Klötzer, gewesener Autohändler, hatte es gemäß eigener Auskunft zu einigem Wohlstand gebracht, und auch vor Gericht spricht er offen übers Geld. Er sagt: Ich habe ihr alles freiwillig gegeben, ohne jeglichen Druck! Meine Frau ist unverschuldet in Not geraten! Das kann ja unter Geschäftsleuten passieren! Denn wer hat heute noch Zeit, sich frisieren zu lassen! Herr Klötzer japst: Ich komme selbstverständlich für meine Frau auf, auch für ihre Schulden, aber unter einer Bedingung: Sie soll zu mir in die Wohnung ziehen!

Die Ehe ist eine Grube, viele Enttäuschungen lauern in ihr. Frau Klötzer hat sich das sicher alles anders vorgestellt an jenem Tag, als das gelbe Männlein mit dem Rollator hereingerollert kam, als es um ihre Hand anhielt und dabei gar nicht wusste, dass es auch im verheirateten

Zustand nicht mehr ohne weiteres an sein schwindendes Vermögen herankäme. Darauf nämlich passt eine Betreuerin auf, gerichtlich bestellt. Die ist zäh. Die rückt gerade mal ein Taschengeld heraus. Weil Herr Klötzer leicht beeinflussbar sei. Fünfzig Euro die Woche, das ist alles, was er seiner jungen Frau anbieten kann, und die Schränke hat sie schon ausgeräumt. Nur dann und wann gelingt dem Männlein ein Coup: Damals etwa, als das Ehepaar plötzlich ein gemeinsames Schlafzimmer anschaffen wollte. Da pochte Herr Klötzer mit allem japsenden Nachdruck auf Sonderbedarf. Welcher dann, denn sie hatte drängende Schulden, von Frau Klötzer einer sinnvolleren Verwendung zugeführt wurde – Schlafzimmer kann man ja immer mal kaufen.

Nein, sie werden keine Freundinnen mehr, Frau Klötzer und die Betreuerin ihres Mannes; ewig wird das Geld zwischen ihnen stehen, jenes fehlende Geistergeld, welches der armen Frau Klötzer so unerquickliche Seiten abzwingt: Wenn sie ihren Mann anschreit, die Betreuerin beschimpft, wenn alles Verschwindende in Ottos Haushalt immer nur durch leere Wodkaflaschen ersetzt wird. Was soll Frau Klötzer tun? Die Umstände sind misslich, immer hat man die Finanznot im Nacken. Ihr Mann versteht das: »Sie is' ja manchmal unjehalten! Das erjibt sich aus dem Temperament von ihr! Sie is' kein schlechter Mensch, aber manchmal … Temperamentvoll is' das richtje Wort! Aber da nehmen wir uns nischt!« Herr Klötzer steckt alles tapfer weg, er hat die Zeit verkraftet, da seine Frau ihn nicht im Krankenhaus und nicht in der Reha besuchte, ja, er hat es sogar verwunden, dass es jene Brüder gar nicht gibt, mit denen sie drohte. Wirklich stört ihn nur, dass seine Frau nicht zu ihm ziehen mag! Er vermutet: Amüsieren tue sie sich woanders.

Im Moment amüsiert Frau Klötzer sich weniger. Emsig ist sie in den Pausen mit Rauchen beschäftigt, oder sie verschwindet kurz, und zwischendurch kümmert sie sich rührend um den Hauptbelastungszeugen. Seit ein paar Wochen, so hört man, ist wieder die große Liebe ausgebrochen zwischen den beiden, sie kommt regelmäßig, macht ihm das Essen, sie kümmert sich. So auch jetzt: Er ist ihr »Mäuschen«, sie kniet sich hin zu ihm, sie beschwört das Mäuschen: Sollten die doch alle reden! Die lögen doch eh alle. Dann sei sie halt eine Alkoholikerin, das sei doch egal.

Was aber macht das Mäuschen? Wohin mit der Wut, der Entrüstung? Die Richterin will noch mal den Hergang der gefährlichen Körperverletzung beschrieben haben, und das wachsgelbe Mäuschen hyperventiliert sich zurecht und wirft dann sein Bekenntnis in den Saal mit kollernder Stimme: »Kann mich nicht mehr genau erinnern! Entzieht sich meiner Kenntnis! Erst mal ist es zu lange her. Und dann lege ich dem auch kein Gewicht bei!« Die Richterin dringt. Die Richterin drängt. Schließlich hat Herr Klötzer doch damals Anzeige erstattet gegen seine Frau, nach überlebter Operation, noch vom Krankenhaus aus? Das Männchen ruft: »Meine Frau hat nie Geld verlangt oder was genommen! Der Sachverhalt war ein janz anderer jewesen!« Es erklärt: In der Ehe müsse man sich zusammenfinden. Das dauere seine Zeit.

Da runzelt die Richterin die Stirn nicht zum ersten Mal. Da mag die Betreuerin gar nicht mehr hinsehen. Da ruckeln Herr und Frau Klötzer abwechselnd vor Tränen und Stress. Da rafft schließlich der Staatsanwalt sich auf, enttäuscht und verärgert, und einmal gönnt er seinem ruhigen, unprätentiösen Plädoyer eine kleine Pause, und in die kleine Pause schlüpft ein Wort hinein, das hier alles umfängt, es heißt: »Tja.« Der Fall schwimmt davon, ein Fluss aus Arbeitszeit trägt ihn. Er persönlich, sagt der Staatsanwalt, halte es für eher wahrscheinlich, dass Straftaten vorgefallen seien – ob Herr Klötzer aber ein Zeuge sei, dem man irgendetwas glauben könne? Er plädiert auf Freispruch. Danach plädiert der Verteidiger auf Freispruch. Und die Richterin weiß sich schon lange keinen Rat mehr. Frau Klötzer dreht sich zu Herrn Klötzer um: »Mäuschen, lach mal!« Und bald darauf lacht das Mäuschen, ganz befreit und ganz glücklich lacht das Mäuschen – als es aus dem Gerichtssaal geschoben wird, an der Freigesprochenen vorbei, es klatscht ihr tonlosen Beifall zu mit seinen wachsgelben Händchen, es hat sie rausgehauen! Und die Freigesprochene raucht eine und sieht dann zu, dass sie Land gewinnt.

Eine Liebe aus Titan

Wie eine Frau in Friedrichshain im Streit aus dem Fenster fiel

Wer am S-Bahnhof Warschauer Straße aussteigt, wird vom Berliner Großstadttreiben umfangen. Nordwärts geht es, einer Brücke folgend, über die Bahntrassen hinweg in den wuseligen Friedrichshain, eine der Partymeilen der Stadt, wo sich Touristen, Studenten und Drogenopfer auf interessante Weise mischen. Südwärts könnte man, auf die malerische Oberbaumbrücke zu, dem Ruf des wieder erblühenden Kreuzberg folgen. Und manch einer soll sich auch schon, westwärts strebend, zur O2-Konzerthalle begeben haben, wo die Großen des Showbusiness ihre Lebenserkenntnisse in die Nacht hineinsingen und -tanzen. Man kann sich aber auch, was die wenigsten wissen, ostwärts aus dem S-Bahnhof heraus verirren. Und da wird es dann still. An einem abendlich leeren Büropalast kommt man noch vorbei, an unbewunderter Innenhofkunst und einsamen Objektschützern. Dann erreicht man ein paar zu kurze Wohnstraßen, die ihr Bestes geben, um nicht wie eine Kulissenstadt zu wirken: Man ist im sogenannten Rudolfkiez gelandet (»Kiez« ist ja alles in Berlin, wenn es nach den Immobilienmaklern geht) – einem weithin vergessenen Häuserkarree, das im Norden und Osten durch die S-Bahn-Trasse abgetrennt von Friedrichshain ist, das im Westeck an die dröhnende Warschauer Straße stößt und dessen kurze Straßen südwärts von der fiesen Stralauer Allee abgeschnitten werden, ihres Zeichens ein

Teil der Bundesstraße 96a, hinter der nur noch die breite Spree kommt. Zwischen all dem, im Nachtschatten der Großstadt, stehen die paar übersehenen Altbauten des Rudolfviertels, ab und zu versucht jemand, eine neue Pizzeria zu eröffnen. Denn: Auch hier leben Leute.

Eine davon ist Verena Bäcker, Mitte zwanzig. Verena ist eine erwachsen gewordene Berliner Göre, hübsch könnte sie aussehen mit ihren großen hellen Augen und den hohen Wangenknochen, doch irgendetwas in ihrem Leben hat da nicht mitgemacht: Gelblich und wächsern sieht ihre Haut aus, die Haare hat sie auf Straßenköter-Kurzhaar zurechtgerupst und nach Möglichkeit scheußlich verfärbt, eine Unruhe wohnt in ihr. Verena wundert sich nicht über vieles, und so hat sie sich auch ein wenig mit ihrer Nachbarin Jana angefreundet, die mit Mitte dreißig schon aussieht wie manch andere mit fünfzig nicht, und die doch gegen das Verleben angeht mit viel Schminke und langen weißen Fingernägeln, mit einer lauten, schnell attackierenden Klappe und einem Stolz, der aus ihr alles, nur kein Opfer machen soll. Manchen mag Jana schon verschreckt haben, nicht so die Göre Verena: Bei ihr kann sie immer mal klingeln – Jana hat ja auch nicht so viel zu tun, da geht man gern mal irgendwo vorbei, und oft auch aus der Not heraus. Meist nämlich hängt der Haussegen schief bei Jana, dann hat ihr Freund Hacki wieder schlechte Laune vom Bau mitgebracht, und dann hat er Jana mehr als sonst üblich geschlagen.

An solchen Abenden kehrt Jana bei Verena ein und leckt ihre Wunden, und wenn Verenas Kinder vielleicht auch ein Anliegen haben, gebietet Jana: Jetzt nicht, ich habe jetzt ein Problem! Das Problem ist für gewöhnlich

Hacki, mit seinen ständigen Ordnungsgongs, den muss man sich förmlich zurechttrinken. Manchmal erstattet Jana auch Anzeige gegen ihn, aber wenn sie dann zur Vernehmung vorgeladen wird, ist Hacki vielleicht gerade gut drauf, oder er ist mal wieder ausgezogen und wird irgendwie auch wieder vermisst, oder Jana hat sich aus dem Tetrapack frische Hoffnung eingeflößt, dass doch noch alles gut wird mit Hacki. Zur Vernehmung jedenfalls geht Jana – »Leider Gottes!«, wie sie energisch vor Gericht seufzt – nie hin. Verena, wie gesagt, ist da schon einiges gewohnt aus der Richtung, überall im kleinen Viertel zwischen den Trassen sind Hackis Ordnungsgongs schon gut bekannt, denn die werden ja nicht nur im Privaten verteilt, sondern auch, wenn Bedarf ist, vorm Stübchen, auf der Straße, an der Bushaltestelle. Für Meinungsverschiedenheiten im Häuslichen setzt Jana sich routinemäßig ans Fenster, damit sie nach draußen um Hilfe rufen kann. Manchmal hat schon die Polizei eingreifen dürfen, und einmal, in Verenas Räumen, ist auch Verena dazwischengetreten: »Hacki«, hat sie gesagt, »nicht bei mir!«

An einem Augusttag vor zwei Jahren ist es mal wieder so weit: Es klingelt bei Verena. Aber Jana klingt irgendwie anders als sonst. Und sie kommt auch gar nicht hoch. Verena soll zu ihr runterkommen. Unten im Hauseingang findet sie ihre Nachbarin: Halb sitzend, halb liegend lehnt sie an der Wand, sie kann nicht mehr stehen. Mühsam ist sie von den Blumenrabatten ihres Wohnhauses hier herübergekrochen. »Hacki«, sagt sie, »hat mich aus dem Fenster gestoßen.«

Verena geht wieder in ihre Wohnung hoch und ruft 112 an, und 112 antwortet: »Jetzt also doch?« Denn es sind bereits zwei Anrufe eingegangen in den letzten Minuten. Zunächst nämlich hat Hacki (dem dieser Tag neun erstinstanzliche Monate auf Bewährung einbringen wird) in höchst eigener Person den Krankenwagen bestellt. Da sei wer aus dem Fenster gefallen. Kurz darauf hat er wohl erneut hinausgeschaut, runter zu den Rabatten, wo Jana schon fortgekrochen war, und hat, ordnungsliebend, ein zweites Mal angerufen: »Is' wieder aufgestanden!«

Verena begibt sich zu Jana zurück, deren zweiter Lendenwirbel zertrümmert ist. Gleich wird der Krankenwagen kommen. Jemand muss Janas Versichertenkarte holen! Und was man noch alles braucht. Auf halber Treppe trifft Verena auf Hacki, der mal wieder seine Sachen gepackt hat. Beide haben es eilig, man beleidigt sich kurz, dann gibt Hacki Verena die Schlüssel. Und in der Wohnung sieht Verena staunend, »was die da veranstaltet haben«: Trümmer und Dreck allenthalben, unter anderem ist ein Blumentopf zerhauen und sind seine Reste in der Wohnung verteilt worden. Ging er zu Bruch, als Hacki die Ziersäule, auf der er stand, umgetreten hat? Hat Hacki ihn auf Janas Kopf zerschlagen, die sich später so lebhaft an die feuchte Blumenerde in ihrem Haar erinnern wird? Und vor allem: Hat Hacki sie wirklich, die wie so oft im Fenster saß, kurzerhand hinausgestoßen? Oder ist Jana, in ihrem Zustand, wie Hacki vor Gericht bezeugen wird, vielleicht auch von selber rausgerutscht? Verena kann das alles nicht klären. Aber unmöglich sieht es hier aus. Sie bringt den Tatort erst mal auf Vordermann. Die ermittelnden Polizeibeamtinnen, als sie die Wohnung betreten, staunen nicht schlecht.

Zweimal wird Jana operiert, die Lendenwirbelsäule

mit einem Fixateur stabilisiert (»Ist aus Titan!«, wird sie stolz vor Gericht vermelden), zweimal büchst sie aus dem Krankenhaus aus. Stockbetrunken, Kanüle im Arm, wird sie auf der Straße aufgegriffen. Sie will zu Hacki, ihn zur Rede stellen: Warum er ihr das angetan hat! Janas weitere Vernehmung findet in der Psychiatrie statt, muss aber ergebnislos abgebrochen werden: Zu widersprüchlich sind die Aussagen, zu widerborstig die Frau. Doch ein paar Tage später ist sie wieder hergerichtet. Und sie weiß, wo man Hacki finden kann, vorm Stübchen vielleicht, oder im Night and Day zwischen zwei Futschis. Und dann …? »Sie hat mich wieder aufgesucht«, wird Hacki vor Gericht bekunden, »hat gesagt, sie liebt mich und so weiter.« Und dann ist alles bis auf weiteres wieder gut. Ein Jahr länger als Janas Blumentopf wird diese Liebe noch halten.

Dein Finger gehört jetzt mir!

Wie die Jugendkultur einen Schüler in Todesangst versetzte

Der Tag, an dem die Jugendkultur seinen Finger haben will, läuft ohnehin schon eher mau für Martin M. Im Kühlschrank findet er nach der Schule nichts zu essen, Mutter fehlt daheim, und dann kommt also auch noch dieser Anruf: Dran ist Coyn (Künstlername geringfügig geändert), und von Coyn angerufen zu werden, ist eines der Dinge, die einem dicklichen Schöneberger Hip-Hop-Jugendlichen wie Martin M. eigentlich nicht passieren sollten. Um Coyn nämlich, jenen soldatisch kurzgeschnittenen jungen Mann aus der Gegend, den jeder hier vom Sehen und schnell Weggucken kennt, sollte man doch eher einen weiten Bogen machen. Er kann sehr stechend gucken.

Wie Coyn überhaupt in den Besitz von Martin M.s Handynummer gekommen ist, verbleibt in letzter Konsequenz ungeklärt, interessiert das Gericht aber auch nur am Rande. Viel eher ist es Martins Mutter, die dieser Frage nachgeht: Dass sie auch noch einiges beizusteuern habe! Signalisiert sie, in den Zuschauerbänken sitzend, lautstark dem Richter. Der von fernsehtauglichen Prozessumschwüngen nichts wissen will. Dass Coyn gedroht habe, ihn umzubringen! Wird sie, in der Verhandlungspause, auf Martin einreden. Warum er das dem Gericht nicht sage! Woher er den überhaupt kenne!

Woher kennen Jugendliche solche gefährlichen Jungs, die in Parkanlagen rumhängen? Keine Frage, die sich Eltern gern stellen, und auch heute verbleibt die Antwort in einem merkwürdigen Nebel. Martin kannte halt Alex, Alex kannte Danilo, und Danilo, tja, das ist halt ein Kumpel von Coyn. Neugierig hakt hier auch die Justiz einmal nach: »Woher kannten Sie denn Danilo?«, wird Slackerboy Alex gefragt, der damals zum irgendwie waberigen Halbzeugen des Geschehens wurde. »Danilo? Bin mir nicht richtig sicher. Vielleicht von der Schule.«

Wie dem auch sei: Coyn also ist dran am Handy. Er will Martin sehen. Martin weiß gar nicht, wie ihm geschieht. Er ruft schnell bei Alex an, ob der nicht mitkommen will. Ehrlichkeit muss sein unter Freunden, und Alex sagt also: Nö. Da muss Martin Argumente nachschieben und stellt Alex einen Döner in Aussicht. Dann treffen sie sich. Und gehen einer ungewissen Begegnung entgegen, einer Gefahr, die gar nicht unterschätzt werden kann: Was da auf Martin lauert mit einer wüsten Empfindung im Bauch, ist kein Höhlenlöwe und kein Auftragskiller, sondern viel schlimmer: die verletzte Seele des Künstlers. Martin nämlich, so hat eine böse Zunge Coyn geflüstert, Martin habe ihn gecrosst!

Was das bedeutet, rechnet Coyn (22) dem Gericht gern vor: So ein Wandbild zu sprayen, das ist ja eine Sache, die Zeit und Geld kostet. Erst streicht man vor, dann füllt man aus, erst ein Buchstabe in der einen Farbe, dann der nächste Buchstabe in einer anderen Farbe, das sei schon eine aufwendige Arbeit, dreißig bis vierzig Euro sei ein Bild allein schon wegen der vermalten Farbe wert – und wenn da einer einfach nur irgendwas reinmalt in das fertige Bild: »Das ist nicht künstlerisch, das macht man nicht.« Das sei ja klar, dass man da ausflippt.

Nun lernt man sich kennen, auf dem Cosimaplatz. Eine Parkbank dient zur Sammlung, und die ersten paar Minuten wiegen Martin in trügerischer Sicherheit. Doch lange schon ist die Popkultur am Brodeln, und dann plötzlich, für keinen der anwesenden Kumpels und Kumpelskumpels nachvollziehbar, springt der drahtige Coyn auf und packt sich den gutgepolsterten Martin; ein Messer blitzt auf, auch von einem Schwitzkasten ist in den Erinnerungen die Rede, Rufe ertönen: Coyn solle doch den Scheiß lassen. Aber Coyn fängt ja gerade erst an: Martin wird zwei Bänke weiter verschleppt. Dort kriegt er die ganze Wucht der Popkultur zu spüren.

Filme haben vorgemacht, was bei Verstößen niederrangiger Homies zu tun ist. In diesem Fall führt die Spur nach Japan, dessen Gangster sich in Actionfilmen wachsender Beliebtheit erfreuen und deren Disziplinierungsmaßnahmen gerade von hiesigen Jugendlichen aus desolaten Elternhäusern willig rezipiert werden: In den Yakuza-Streifen gibt es einen Oberboss als unanfechtbare Autorität, und er verlangt filmtaugliche Sühne: Wer immer aus dem Clan einen Fehler begangen hat, muss sich einen Finger abschneiden. Seit The Yakuza mit Robert Mitchum 1975 ist dieses Motiv auch im Westen angekommen und genießt in Splatterkreisen ebenso Anerkennung wie etwa auch bei Freunden von Takeshi Kitano, der das Fingeropfer in *Brother* verwendet hat: Ungerührt schaut der Oberboss zu, voll wildem Entschluss und doch zitternd vor Furcht vollführt der Untergangster die grausige Tat, um den Finger dann, so gelassen wie unter Schmerzen möglich, demütig darzubieten.

Was sich auf dem Cosimaplatz abspielt, ist nun die

Schwundstufe, ein schaler Abglanz kinematographischer Größe: Zunächst einmal greift der Chef selber zum Messer. Von Martin M. ist wenig Heldentum zu erwarten. Auch der vermeintliche Regelverstoß birgt wenig Glamour: Er habe sein Bild gecrosst! Meint Coyn. Martin weiß gar nicht, wovon die Rede ist. Aber das nützt ihm jetzt nichts. Er soll seine Hand auf die Bank legen. Das Messer wartet. Martin soll sagen, welchen Finger er nicht mehr braucht. Er entscheidet sich für den kleinen. Und dann. Dann wird das Ehrenritual abgelöst vom Raubtierkapitalismus in seiner reinsten Form. Coyn sagt: Oder Martin gibt ihm jetzt alles, was er in den Taschen hat. Martin holt sein Handy heraus. Fragt, ob er seine SIM-Karte behalten darf. Er darf. Er zittert am ganzen Körper. Er legt Geld hin, so fünfzehn Euro vielleicht. Der Messermann schaut sehr streng: »Ist das dein Ernst, was soll ich denn damit?« Martin geht nach Hause. Holt mehr Geld. Der Finger ist noch dran. Martin heult und heult und heult. Da nimmt Coyn ihn in den Arm. Sagt, er soll aufhören. Sagt: Alles ist jetzt okay. Du bist jetzt mein kleiner Bruder.

Martin geht heim, er ist vollkommen aufgelöst. Er kann nächtelang nicht schlafen. Seine Mutter trifft ihn zufällig im akuten Schockzustand an. Sonst wäre er niemals zur Polizei gegangen. Slacker-Alex sagt, für ihn sei auf einmal eine heile Welt zusammengebrochen. Coyn sagt, er wolle diesen Lebenswandel nicht mehr. Er wolle nichts mehr mit diesen Typen zu tun haben, die ihn immer runterziehen. Er male auch nicht mehr. Er würde sich jetzt immer mit seiner Musik beschäftigen, er hätte immer seine ganzen Texte im Kopf und könne sich auch deshalb nicht mehr so genau erinnern. Mit Raubtierblick zum Zeugen sagt er: Das Ganze tue ihm leid. Dem Richter sagt er: Er wolle jetzt seinen Realschulabschluss machen. Er wolle eine Ausbildung als Bild- und Tontechniker machen. Falls das mit der Musik doch nicht klappt.

Dann hat das Gericht das Wort. Verliest 17 Eintragungen aus dem Strafregister, Diebstahl, Diebstahl, Hausfriedensbruch, Sachbeschädigung, versuchter Betrug und Urkundenfälschung, versuchter Diebstahl und immer so weiter. Verfahren eingestellt, von Verfolgung abgesehen, Verfahren eingestellt, Verfahren eingestellt, richterliche Weisung. Verfahren eingestellt. Ob er denn jemals in Haft gesessen habe, interessiert den Richter. »Paar Tage«, sagt Coyn, »schglaub wegen Sachbeschädigung.« Zur Urteilsverkündung kommt er zu spät: Besonders schwere räuberische Erpressung. In einem besonders abgemilderten Fall. Zwei Jahre Gefängnis. Auf Bewährung. Das ist dann aber wirklich das letzte Mal!

Die Straßenbahn ins Unglück

Wie die Einsamkeit einen Mann für Sekunden zu einem Monster machte

Dass das Schicksal heute in Herrn Schwarz' Leben treten wird, in Gestalt einer blonden Frau, das ahnt Herr Schwarz gar nicht. Ahnungen, tiefere und höhere Einsichten, so vermuten wir, sind ihm fremd, er achtet nicht auf sie, er sucht ihnen zu entkommen, so wie er insgesamt dem Dasein und seinen Anforderungen zu entkommen trachtet. Ein menschgemäßes Dasein hatte er mal, so ungefähr bis an die Jahrtausendwende, danach ging es nur noch heraus aus dem gewöhnlichen, geregelten Leben. Früher hat Herr Schwarz Freunde gehabt, hat Musik gehört, ist Fahrrad gefahren. Das alles entfiel nach und nach. Kein Job kettet ihn ans Geregelte, keine Freundschaften halten ihn mehr, die einzige längere Beziehung zerbrach und hinterließ ihn als Gescheiterten, Ausgenutzten, Verarschten, und sein Bruder, dem er sich verbunden fühlt in seinem kleinen stockigen Bärenkörper, ist immer mehr in den Bann der unerträglichen Schwägerin geraten. Herr Schwarz ist, jeder Außenstehende könnte es nach einem kurzen Blick so beschreiben, allein. Aber, es liegt in der Natur der Sache: Außenstehende mit einem Blick auf Herrn Schwarz gibt es eben keine. Für ihn ist nur noch die Innenwelt übrig, und dieser eigentlich unerträgliche Ort weitet und färbt sich durch die Einnahme von Alkohol, mal ab vormittags, mal ab mittags, ab fünfzehn oder sechzehn Uhr allerspätestens.

Die Außenwelt findet nach 46 tristen Jahren nur noch am Rande statt, denn was hat die schon zu bieten? Herr Schwarz durchschifft sie freudlos und mühsam, was bleibt ihm übrig. Herr Schwarz wandert durch Pankow, wo er wohnt, und durch den angrenzenden Wedding, er hat keine wirklichen Ziele. Ziele würden ja ein Anknüpfen bedeuten, eine Hoffnung auf etwas, und dass die Welt wieder Macht hat über einen. Wozu sollte das gut sein? Was ihn noch interessiert auf Erden, trägt Herr Schwarz im Rucksack mit sich: Eine große Flasche Cola mit einem sehr, sehr großen Spritzer Rum. Damit lässt es sich aushalten, damit kann man sich vielleicht sogar in den Media Markt verirren und, wie früher, nach Musik-CDs gucken, da kann man sogar darauf verfallen, vielleicht doch einen Blick auf die Welt zu wagen, wenigstens die von früher.

Ob es denn einen Anlass für ihn gegeben habe, wird der Richter Herrn Schwarz fragen, ob an diesem Tag oder den vorangegangenen Tagen etwas Besonderes passiert sei in seinem Leben, etwas, das dem großen Schicksalseinbruch eine Art von Kausalität verleiht? Aber da fragt er den Richtigen. Man sollte Herrn Schwarz solche Fragen nicht stellen. Würde denn er Zusammenhänge erkennen, wäre denn er die zarten Schwingungen der Seele und des Zwischenseelenbereichs wahrzunehmen imstande? Man darf da zweifeln. Man darf aber auch Herrn Schwarz zuhören, dessen Tag in einer ganz eigenen Plausibilität verläuft. Und zwar kommt ihn zunächst, wie jeden einsamen Menschen, eine Sehnsucht an, Sehnsucht nach Geborgenheit, Vertrautheit, einem heileren, beachtenswerteren Planeten: Adlershof zum Beispiel.

In Adlershof, weit weg von Pankow und dem Wedding,

hat Herr Schwarz seine Kindheit verbracht. Er könnte doch, durchfährt ihn etwas Gedankenähnliches, dort hinfahren! Die Colaflasche ist ja treu, die folgt ihm. Und später wird er es nicht mehr so gut rekonstruieren können. Aber jetzt findet sich Herr Schwarz in der Ringbahn zum Ostkreuz wieder, und dann in der S-Bahn nach Adlershof hinunter. Herr Schwarz unternimmt einen Selbstversuch, vor dem Menschen, die sich nur mit Colaflaschen austauschen können, gewarnt sein sollten: Er begibt sich in ein altes Feld, in ein Leben, das ihm ja vielleicht einmal hoffnungsvoll oder lebenswert oder sorgenfrei erschienen war, oder das er zumindest, mit Hilfe des Rums, sich so hinmodellieren kann, als wäre er damals glücklich gewesen. Ein gefahrvolles Unterfangen. Denn wie anders als verstört, wie anders als zerschlagen und wütend soll man da wohl herauskommen? War das Leben früher besser, macht einen das traurig. War auch Adlershof schon grässlich, wird die Verzweiflung nur tiefer.

Es ist ein Schicksalstag. Herr Schwarz hat sich bereitgemacht für den Blitzschlag, hat jede Kontrolle abgegeben über sich, hat sich allem ausgeliefert, das da kommen mag. Und so steigt er in die Straßenbahn ein, heimwärts, nordwärts, gen Pankow, und es ist die falsche, und Herr Schwarz fährt auf den südlichsten Osten, aufs ferne Köpenick zu. Ihm entgegen aber, auf den Schnittpunkt ihrer beider Leben zu fährt Frau Hansen, die einen langen gastronomischen Arbeitstag hinter sich hat, als Schichtleitung, mitten in Berlin, dass es zentraler kaum geht, inmitten des funkelnden Trubels, der von ihr in Bahnen gelenkt, auf Schienen gesetzt wird, Stunden und Aberstunden am Tag. Nun nähert sich die Nullstunde,

Frau Hansen ist fix und fertig und will nur noch nach Hause. Und sie kennt sich aus in der Welt. Kennt sich aus in ihren Gefühlen. Jetzt gerade überkommt Frau Hansen ein Bauchgefühl, und zwar kein gutes, beim Umsteigen in Köpenick, mit der frisch abgegriffenen Dönerbox in der Hand.

Der Mann dort auf der Mittelinsel verursacht ihr ein Unbehagen, wie er so ganz allein da steht, leicht schwankend, unentschlossen, herausgerissen. Erst scheint er an ihr vorbeizuwanken, aus ihrem Leben, dem sofortigen Vergessen entgegen. Dann sitzt er doch im selben Bus. Kramt unablässig in seinem Rucksack, wo irgendwelche Flaschen klimpern. Sitzt dann plötzlich hinter ihr. Ranzt sie an. Stinkt nach billigem Deo. Spuckt ihr in die Haare. Frau Hansen hat einen Anker im Dasein, sie fragt den Mann, was das soll. Da guckt er ganz böse. Trollt sich auf seinen alten Platz. Klimpert weiter. Und Frau Hansen sieht aus dem Fenster, in ihr altes Leben. Schienenersatzverkehr. Und noch einmal muss sie umsteigen, um nach Hause zu kommen, am Krankenhaus Köpenick. Freut sich schon, als sie die Straßenbahn dort stehen sieht. Dann wartet die aber nicht. Fährt doch noch los, durch ihr altes Leben. Frau Hansen ist müde. Hat hohe Schuhe an: Damit heim, 25 Minuten, ist nicht mehr drin. Sie muss also noch einmal umsteigen, noch einmal ums Eck.

Und weiß dann gar nicht, wie ihr geschieht. Aus dem Nichts schubst sie einer, stößt sie ins Gebüsch, sitzt auf ihr drauf. Schlägt auf sie ein. Mit der Bierflasche, auf den Kopf, einmal, zweimal, dreimal. Frau Hansen schreit. Brüllt. Wird immer weiter geprügelt. Irgendwann bekommt sie ein Bein ein bisschen frei, sie tritt zu und trifft irgendwas. Kann sich losmachen. Rennt weg, blutüberströmt. Als hätte ein wildes Tier sie angefallen. Wobei: Wilde Tiere tun so was eigentlich nicht. Kaum je könnten sie so irrational handeln wie ein Mensch, kaum diese unfassbare, unkontrollierbare Wut in sich haben, die in Herrn Schwarz herangewachsen ist.

Jetzt sitzt er da ganz geknickt. Hat Entgiftung gemacht, geht zur Selbsthilfegruppe. Geht zur Einzeltherapie. Nimmt Beruhigungsmittel. Will sich ändern. Weiß bis heute nicht, wie das kam. Und er sagt, gesenkt mehr zur Plauze als zu Frau Hansen: Dass es ihm leidtut. Und dass sie wieder gesund werden soll. Für ihn geht es nun wieder weiter, irgendwie. Er hat jetzt eine Geschichte, deren finsterer Held er selber ist, und diesen Held kann er gewähren lassen oder bekämpfen. Zwei Jahre auf Bewährung sind die Botschaft dieser Welt hier an ihn. Frau Hansen kann inzwischen schon manchmal wieder schlafen.

Fahrradtag in Moabit

Wie einmal ein heiliger Zorn in zwei unbescholtene Verkehrsteilnehmer fuhr

Herr Haas hat einen Hammer dabei, er ist ja Klempner. Es ist ein schlittriger Berliner Februarmorgen, am Vorabend hat es noch geschneit, Herr Haas, 39, lässt seinen Kleintransporter aus der Koppenstraße herausrollen, kreuzt eine Flaniermeile von vielleicht zehn Metern Breite, kreuzt den nachfolgenden Grünstreifen von derselben Breite, und erwartet, quer auf dem Radweg, eine Gelegenheit, in die große Karl-Marx-Allee einzufädeln. Gleich wird er Herrn Schlömer kennenlernen. Der flitzt zurzeit auf dem Fahrrad dahin, Richtung Alex geht es, wie bei Herrn Haas.

Die Karl-Marx-Allee hieß früher Stalinallee, und so sieht sie auch aus. Ihr Pracht- und Protzabschnitt führt über gute zwei Kilometer vom Frankfurter Tor bis zum Strausberger Platz, sie wird von enormen Wohnblocks gesäumt, die in einer Art sozialistischem Monumental-Art-déco gehalten sind und in deren Fußzeilen sich mittlerweile die furchtlosen Damensalons, Reisebüros und Pizzerien dieser Welt eingerichtet haben. Im Prinzip gibt es viel Platz, mit dem Panzer käme man wie früher gut durch auf der Stalinallee; im Pech dagegen ist der Radler als solcher. Seine schmale Bahn wird an Gras und Gebüsch entlanggeführt, und ragt hier ein vorwitziges Autoheck auf den Radweg, so gibt es kein schwungvolles Umfahren, sondern muss manövriert und gefädelt werden um den Blockierer herum. Herr Schlömer sieht das Ärgernis auf sich zukommen, kastenförmig, unbeweglich, die Winterluft heizend, fluchend naht er, dann tut es einen Riesenknall.

Herr Schlömer sagt: »Ich bin ein guter Radfahrer.« Herr Schlömer ist in engen, schwarzen Radlerhosen vor Gericht erschienen, unten ragen die haarigen Beine heraus, darüber glänzt ein quietschgelbes Fahrradtrikot, noch weiter darüber ein geschorener Kopf, der die Halbglatze des 51-Jährigen mit den bewachsenen Bereichen versöhnt. Herr Schlömer redet mit Nachdruck, und ganz so schnell wie er redet, kann man gar nicht hinterherdenken und ergründen, weshalb das eine seltsame Formulierung ist: Ich bin ein guter Radfahrer! Ist doch das Radfahren eine Sache, die sich auf wenige Grundkompetenzen wie Treten, Gleichgewichthalten, Lenken und Bremsen beschränkt, und die unseres Wissens kurz nach dem Schuhezubinden erlernt wird, von Kindern, die in ihrem Kinderstolz, das sei zugegeben, möglicherweise auch sagen würden: Ich bin ein guter Radfahrer, ohne dass es bei ihnen allerdings so klingen würde wie: Ich bin ein guter Soldat.

Radler sterben nicht wenige in Berlin, einen im Monat zerquetscht das Schicksal. Oft sind sie selber schuld, weil sie sich so unkonventionell durch den Verkehr bewegen; oder ihre Eltern sind schuld, weil die einen Moment lang nicht richtig aufgepasst haben; oder die Gesetze der Optik sind schuld, weil die langen Trucks mit ihren dicken Reifen einen toten Winkel haben, den der Rückspiegel nicht einsieht. An einem schlechten Tag kann man solche Radfahrer noch liegen sehen, wenn man gerade einen Brief zur Post bringt oder Milch kaufen geht, ein solcher Tag ist dann echt gelaufen. Von den Verletzten wollen wir gar nicht reden. Ein leichtes Touchieren mit der Stoßstange genügt, dass der Radler durch die Lüfte fliegt, vom Schwung seiner sportiven Grundeinstellung getragen; oder aus dem Nichts tritt ein Kind in den Weg, eine schusselige Oma, ein vergnatzter Mensch, der mit voller Absicht die Befahrung des Fußwegs zu unterbinden sucht. Der Radler bremst, bumst, verreißt, die Erde küsst ihn; was er am Leibe trägt, knautscht.

Einen Riesenknall, sagten wir. Herr Schlömer hat im Umkurven mit der flachen Hand auf den Kleintransporter von Herrn Haas, einen beachtlichen Resonanzkörper, geschlagen; teils aus Ärger, sagt Herr Schlömer, teils um sich abzustützen. Herr Haas hätte da ja auch gar nicht im Weg stehen müssen, findet Herr Schlömer, er habe die Straße mal ausgemessen, sie sei an dieser Stelle 6,50 Meter breit, aber Herr Haas habe ihn nur angegrinst, statt Platz zu machen, eine Frechheit sei das gewesen, und nach dem Knall sei der dann neben ihm hergefahren, habe die Faust rausgestreckt und habe SOLCHE Gebärden gemacht; jeden Tag passiere so eine Geschichte, 15.000 Kilometer im Jahr sei er mit dem Rad unterwegs, da könne man sich ja vorstellen, was da los sei, am schlimmsten seien die Lkw-Fahrer, die überholen dich, die sehen dich, und fahren dann trotzdem rechts ran.

Herr Haas fährt dann auch bald rechts ran, am Strausberger Platz. Er ist ein Stückchen vorgefahren und wartet jetzt, allein seine Hände können nicht ruhig bleiben, schließlich hat ja der Arbeitstag auch schon begonnen, sie fahren hinter den Rücksitz, sie kruschteln, und wie der unglückliche Zufall so spielt, ist das erste, was sie sich greifen, jener Hammer; leider, leider, wie Herr Haas heute selber sagt. Den Ort dagegen hätte er nicht besser auswählen können: Im Schatten der gigantischen Klotzbauten, die das riesige Rondell umlagern; im Flussbett des tosenden Großstadtverkehrs; am Abzweig Lichtenberger Straße mit seinem zugeparkten Fahrradstreifen; an diesem Strausberger Platz, wo einstmals, ganz wie am Rande bemerkt, der zornige Pferdehändler Hans Kohlhase aufs Rad geflochten wurde – soll es zum Entscheidungskampf kommen. Jetzt rollt auch schon Herr Schlömer hinzu und kommt an der Ampel zum Stehen, erkennt aber mit dem wachen Blick des Jagdwildes sofort die Gefahr: Herrn Haas, der mit dem Hammer auf ihn zustürmt. Herr Schlömer stürzt sich vorwärts, die rote Fahrradampel hält ihn nicht, 350 Watt, sagt Herr Schlömer, kann er in einer solchen Notsituation auf die Pedale bringen, doch für einen kurzen Moment ist der aufgebrachte Herr Haas noch schneller, erwischt mit einem entschlossenen Hammerhieb das Hinterrad des Flüchtenden – kurz vor der Mittelinsel, gerade so eben. Eine Speiche springt, das Rücklicht birst, und da Herr Haas wohl selber nicht weiß, wie ihm das geschehen, wie sein Blut derart ins Kochen geraten konnte, ist der flummiartige, neonleuchtende Radler auch schon abgestiegen und hat ihn in den Schwitzkasten genommen, da nützt die Bewaffnung gar nichts, man sinkt hin, ruft ungefähr: Mord! Hagel!, und wälzt sich gemeinsam durch den Schlamm, bis ein Student auf dem Weg zur Uni die beiden trennt, die Polizei kommt, Herr Haas gemäß eigener Aussage erst mal seine Brille wieder zurechtbiegen muss.

Im Amtsgericht Tiergarten ist alles schon wieder so lange her. Den Kopf des Hammers schätze er auf 40 mal 40 mal 150 Millimeter, gibt Werkzeugmacher Schlömer zu Protokoll, und das kommt ganz gut hin, da muss selbst Herr Haas zustimmend nicken, und nachdem das geklärt ist und die Zeugenaussagen gehört sind, findet der Richter auch für die lange umstrittene Natur des Hammerschlages eine salomonische Formel: Kein wüster Hieb sei das gewesen, der von oben nach unten mit voller Kraft geführt worden wäre, vielleicht auch in Anbetracht der Entfernung und der Flucht gar nicht hätte geführt werden können, sondern seitwärts sei ausgeholt und durchgezogen worden, einer Rückhand beim Tischtennis vergleichbar. Ob Herrn Haas das viel nützt, erfahren wir nicht mehr, wir müssen weiter, denn heute ist Fahrradtag in Moabit, und der hat noch einen pensionierten Postbeamten zu bieten, welcher eine radelnde Zivilstreife zu scharf geschnitten und ihr Tipps für das Verhalten im Straßenverkehr zugerufen hat. Und wenn das überstanden ist, machen wir Ortstermin im Stadtverkehr, schwingen ein Bein über die Stange, eiern los, notieren auf dem Weg: Tatütata dreimal, Angst gehabt zweimal, noch viel öfter geflucht. Ein Passant faucht einen Radler an, da sei Rot! Ein Junge mit Helm hat Angst um seinen Vater: »Papa, du fährst aber nicht auf der Fahrbahn.« Dann sind wir schon zu Hause.

»Ob ich dich liebe? Frage die Sterne …«

Wie ein Küchenmesser verschwindet und Herr Berndt die große Liebe seines Lebens verliert

»Ob ich dich liebe? Frage die Sterne, denen ich so oft meine Klagen vertraut. Ob ich dich liebe? Frage die Rose, die ich dir sende, von Tränen betaut …« Wenige Tage bevor er sie verlor, hat Herr Berndt seiner Elena noch eine E-Mail geschrieben, eine E-Mail mit diesem Gedicht, einem Volkslied aus dem 19. Jahrhundert. »Ob ich dich liebe? Frage die Wolken, denen ich oft meine Botschaft vertraut. Ob ich dich liebe? Frage die Wellen, ich habe in jeder dein Antlitz geschaut.«

Im Frühjahr 2010, sagt Herr Berndt, hat er Elena kennengelernt, das war im Relax, nee, da hieß es noch Nippes. Er trank dort immer sein Feierabendbier, sie kam rein mit ihrem Lebensgefährten, der dann am Spielautomaten verschwand. Am Stammtisch kam man ins Gespräch, und eines Tages stand Elena bei ihm in seinem Aquaristikshop. Tiere angucken. Und wieder. Tiere angucken. Dann wollte sie sich mit ihm treffen – so, dass der Lebensgefährte es nicht erfuhr. In der Wohnung ihrer Eltern. Da hat sie ihn geküsst, und ein bisschen später zog er bei ihr ein. Herr Berndt hatte ja lange vorher schon zu seiner Frau gesagt: »Wenn sich bei uns nichts ändert, bin ich irgendwann weg.«

Herr Berndt musste seinen Shop aufgeben, er wurde Eisverkäufer bei Elena, die ein Eiscafé und ein kleines Reisebüro betrieb. Aber die Stimmung zwischen beiden trübte sich ein. Sie versprach ihm Urlaub und hielt sich nicht daran. Sie sagte, er solle aufhören zu trinken. Und ständig wurde gelästert, sagt er, wurde spekuliert: Er würde die geplante Entziehung nicht antreten. Als er sie dann aber antreten wollte, da machte Elena ihre Tür nicht auf, obwohl er doch an seine gepackte Tasche wollte, mit all seinen Privatsachen drin. Doch er kam nicht rein, der Schlüssel steckte, und auf einmal waren da sechs Mann Polizei, denen er die Sachlage erklärt hat. Darauf hat die Polizei dann geklopft und geklopft, zwanzig Minuten lang, bis Elena die Tür auf- – und Anzeige machte. Wegen Körperverletzung. Herr Berndt habe sie mit dem Salzwasserkanister geschlagen. Na, und ewig zog sich das hin mit seinen privaten Sachen, so dass Herr Berndt die Entziehung also nach drei Tagen abbrechen musste.

Das Doppelbett, sagt der Gerichtsmediziner, war nur links bezogen, rechts war eine nicht bezogene Matratze, mittig lag die Leiche. Am Finger hatte sie markante Schnittspuren. Wir sehen das oft, sagt er: Wenn das Opfer merkt, dass es sterben soll, dann greift es nach der Klinge, um dem Täter die Waffe aus der Hand zu drehen. So weit, sagt er, geht die Verzweiflung.

Herr Berndt kam zunächst in Heilbronn unter, bei einem Freund, doch der Freund hat ihn plötzlich rausgeschmissen: Pack deine Sachen und geh, du hast getrunken, sagte der. Also fuhr Herr Berndt zurück nach Berlin. Und kam bei seiner Frau unter. Aggressiv war er nie, sagt Frau Berndt. Er musste immer ein bisschen was trinken, weil er sonst Schmerzen hatte und gezittert hat. Er hat sehr wenig geschlafen, hat oft die ganze Nacht ferngesehen, ist viel mit dem Hund raus. Er hat viel geheult, wenn er was getrunken hat. Einmal ist er in die Vitrine gefallen und hat sich noch tausendmal entschuldigt.

Ob er Elena nachgestellt, ob er sie beobachtet habe? Nein, sagt Herr Berndt, das waren alles Spinnereien. Er hat bei einem Bekannten die Katzen gepflegt, im Haus von Elenas Reisebüro, also musste er ja zwangsläufig da vorbei. Auch musste er ja zum Jobcenter, oder auf Wohnungssuche. Oder zum Druckerladen, nach einem Sonderangebot fragen. Nein, er hat die Schlösser bei ihr nicht verklebt. Ja, den Einbruch, ein paar Wochen vor der Tat, den gibt er zu, das war eine Dummheit.

»Mario, können wir mal reden.« So hat Elena ihn eines Tages wieder reingelockt in ihr Reisebüro. Herr Berndt hat noch darauf hingewiesen, dass er ja laut Verfügung ihren Laden nicht betreten darf. Und da hat Elena gesagt: »Das habe immer noch ich zu bestimmen.« Im hintersten Winkel des Ladens hat sie ihn zu küssen begonnen, und dass er ja wieder bei ihr einziehen könne, und darauf war Herr Berndt natürlich völlig durch den Wind, ist zu Kaiser's und hat sich erst mal Zigaretten geholt.

»Tatwaffe«, »Tattag«, diese Wörter führt Herr Berndt ganz selbstverständlich im Munde, er gibt dem Richter Auskunft nach bestem Gewissen: Der Tattag begann bei ihm mit Zittern, Schweiß und Schüttelfrost, dann ist er vom einen zum anderen gelaufen: Tankstelle, Zeitungsladen, Tankstelle. Überall ein, zwei Bier. Dann wollte Herr Berndt etwas essen beim Türken, aber es ist doch wieder nur Bier geworden, dann ging er ins Relax, um da seine Weizen zu trinken. Und als er da wieder aufgebrochen war und sich zufällig in der Nähe von Elenas Wohnung befand, da stand sie doch am Fenster, sagt er.

Und winkte ihn herein. Sie zeigte ihm ihre neue, kleinere Wohnung, Herr Berndt bot ihr noch an, die Waschmaschine anzuschließen, und in der Küche, erzählt er, da ist ihm sein Küchenmesser aufgefallen, ja, aus dem Messerset, das die Polizei später bei seinen Sachen sichergestellt hat, damit hat er früher Mohrrüben, erzählt er, in so ganz kleine Stifte geschnitten. Wofür sie das Messer gebraucht hat, das weiß Herr Berndt nicht, vielleicht wollte sie damit ihre Umzugskartons aufschneiden, ein Messer, mit dem man Gemüse schneidet! Damit bin ich penibel gewesen, sagt Herr Berndt.

Elena hat dann wieder angefangen zu schmusen, sagt er, am ganzen Oberkörper hätte man doch Speichelreste, DNA-Spuren von ihm finden können, wenn man das nur untersucht hätte! Jedenfalls hatte er dann gehen gewollt. Zu Elena sagte er: »Ich bin noch nicht so weit, wir müssen da noch einiges klären.« Und als er seine Jacke schon anhatte, da hat sie ihn noch mal rangezogen und hat ihn geküsst, und dann hat sie gesagt: »Jetzt verpiss dich, du asozialer Schmarotzer.« Warum sie das gesagt hat, sagt er, das weiß ich nicht. Und dann ging alles so schnell.

Ein einschneidiges Werkzeug, sagt der Gerichtsmediziner, wurde benutzt; die 19 Zentimeter Länge des Stichkanals bedeuten nicht zwingend eine 19 Zentimeter lange Klinge, bei hoher Stichdynamik kann auch eine kürzere Klinge so tief eindringen. Vorn links im Unterbauch ist sie eingedrungen, hat das Dickdarmhalteband durchtrennt, den Magen und das Bauchfell durchstoßen, die linke Niere durchtrennt, und dahinter, in der Rückenmuskulatur, endete der Stichkanal.

Herr Berndt weint jetzt. Das kommt eher unvermutet,

aber er weint genau an der richtigen Stelle, als nämlich seine Elena zu Tode kommt. Dann ruft der Richter ihn zur Ordnung, und mit der Sekunde versiegen alle Tränen und erzählt Herr Berndt ganz ordentlich weiter.

Irgendetwas muss sie dann noch gesagt haben. Irgendetwas muss noch vorgefallen sein. Aber er kann sich nicht mehr erinnern. Sie sagte noch, bitte tu mir nicht weh, wir können über alles reden, sagt Herr Berndt, »aber da hatte ich schon zugestochen jehabt«. Er hat noch versucht, der Verletzten zu helfen, ist ins Straucheln gekommen, dabei ging der Wäschekorb im Flur zu Bruch, und mehr weiß er nicht. Er hat, sagt Herr Berndt, keine Erinnerung an das Geschirrhandtuch, das um ihren Hals gezurrt war, als ihr Vater sie fand.

Aber ganz oft entschuldigt hat sich Herr Berndt bei der Toten. Er hat sie ja sogar noch aufs Bett gelegt. Er hat ihr geschworen, am Abend wiederzukommen, um ihr zu folgen. Aber das hat dann nicht mehr geklappt. Herr Berndt ist ins Relax gegangen, hat dort einiges an Whisky-Cola zu sich genommen, ist dort eingeschlafen, wieder aufgewacht. Und als er am Abend in der Nähe von Elenas Wohnung vorbeikam, da hat die Polizei ihn gleich in Gewahrsam genommen. So konnte er sein Versprechen nicht wahrmachen und ist zum Weiterleben verurteilt, zehn Jahre im Gefängnis zunächst.

Sommerzeit, und das Leben ist schrecklich

Wie ein junger Mann bei Gleisarbeiten sterben muss, weil sein Kollege geschlampt hat

Draußen brummt jetzt endlich mal wieder das Leben. Man hat sich einen Fensterplatz gesucht, man genießt das helle Blätterspiel in den Baumwipfeln, kann sogar hinuntersehen zur Kirchstraße, wo die Juristinnen und Juristen immer vorbeiklackern, wo sie ihre Rollköfferchen voller Akten über das Pflaster ziehen; wie sie sich den strengen Rechtsverfechter im Gesicht stehen lassen, weil hier jetzt ihre Einsatzmeile ist, weil sie hier jetzt auch, ist Glückssache, auf ihre Klienten, auf ihre Angeklagten, auf ihre Gegenparteien stoßen könnten, die rasch noch vorm Gericht eine rauchen. Sehr viel los ist nicht im Moment, dafür hat dieser kleine, überschaubare Prozess hier drinnen zu spät angefangen, mitten am Vormittag, da ahnt man schon, dass es nicht lange dauern wird, bis Frau Justitia routiniert ihre Dienste verrichtet hat. Dafür kann man draußen schon den Sommer erkennen, sein träges, zufriedenes Strahlen, seine Unlust, die Schlechtigkeiten der Existenz auch nur in Erwägung zu ziehen. Das ist ein schöner Platz soweit, das hat man selten, da schaut man gern raus, das kann auch der Staatsanwalt noch ganz gut genießen, der sitzt ganz nah dran, aber ein Blick ins Blattwerk immerhin ist auch dem jungen Richter verfügbar. Wäre doch schade, wenn man da jetzt nicht bald auch wieder hinaustreten, vielleicht sich mit etwas Leckerem an die nahe gelegene Spree setzen könnte, keine Robe mehr um, keine Last auf den Schultern … Das Schwert der Justitia wird einem so schwer an manchen Tagen, man will es nicht immer in die Höhe recken, nicht immer mit großer Macht niedersausen lassen. Manchmal stünde ein Fächer ihr besser.

Und letztlich: Wie will man denn, als Vertreter der Justizbehörden, wieder gutmachen, was passiert ist, wäre das nicht anmaßend nachgerade? Ist nicht das Geschehene geschehen, bedauerlicherweise, und steht es einem denn zu Gebote, den jungen Menschen Marvin, 21, den es davongerissen hat, wieder zurückzurufen unter die Lebenden? Da sitzen sie alle vor einem: Der stoppelhaarige, ledergesichtige, kinderlose (»Nee, ick hab 'n Kater zu Hause«) Angeklagte, 55 Jahre doch auch schon unbestraft durch dieses nicht immer einfache Leben gegangen bis zum Unglückstag; seine beiden Anwälte, die oft nur zur Hälfte anwesend sind, weil andere, dringendere Geschäfte sie übers Handy in die Gerichtsflure rufen; die Journalisten, die schon spannendere, verwerflichere Fälle zu beschreiben gehabt haben; der Staatsanwalt, der seine Anklageverlesung tadellos absolviert hat soeben – und, ja, bewundernswert gefasst, bewundernswert sachlich, mit dem Rücken zum Sommer, sitzt da auch noch der Nebenkläger: Herr H. aus dem Erzgebirge. Er hat seinen Sohn verloren. Soll man ihm das Grässliche zumuten? Unschöne Szenen sind zu befürchten. Zeugen könnten sich gezwungen sehen, auf Nachfrage hautnah von jenem Sommertag 2014 zu berichten, könnten die ganze Gnadenlosigkeit, das ganze bisweilen Empörende dieses Erdendaseins nun in diesem viel zu kleinen, viel zu schlichten Raum heraufbeschwören.

Ob daran, von allen Anwesenden, irgendjemand ein Interesse hat? Ob nicht neuer Schaden zu befürchten steht? Sind nicht alle Anwesenden genug gestraft mit diesem Fall, durch alles, was geschehen ist? Auch solche Dinge gilt es für den Richter zu bedenken.

Geschehen ist aber dies, einen Sommer früher: Am schönen S-Bahnhof Grunewald sind Vermessungsarbeiten im Gange im August 2014. Die Berliner S-Bahn wird auf das neue Zugsicherungssystem ZBS umgerüstet, neuartige elektronische Sensoren müssen auf die Schwellen montiert werden, daher die Vermessung. Einer der Vermesser ist Marvin, über den wir nur sagen können, was wir im Internet noch haben herausfinden können: Ein etwas kleinerer, blonder, tüchtiger junger Mensch muss er gewesen sein, er hat seinen Abschluss Vermessungstechnik als Jahrgangsbester bestanden, er hat rund und stolz in die Kamera gelächelt, als sie ihm die Urkunde gaben, auf Facebook trägt er eine Sonnenbrille, die das Weibliche seines Gesichts ein bisschen verspiegelt. Wir wissen nicht, woran er denkt in diesen Momenten, da die Kollegen gerade aus dem sogenannten Sicherheitsraum zwischen den Gleisen zurück in ihr Arbeitsgleis gegangen sind. Vielleicht, weil Urlaubszeit ist, sind ja die gefrorenen Wasserfälle auf Island aufgeblitzt in Marvins Gedanken, auf die ist er neulich bei so einem Selbsttest im Internet gestoßen: »Welchen schönen Ort dieser Erde solltest du sehen, bevor du stirbst?« Zehn Fragen muss man da beantworten, über sich selbst, über Reisegewohnheiten, Vorlieben, Ziele im Leben. Dann bekommt man als Ergebnis einen Flecken Erde gesagt, der zu einem passt, und für Marvin waren das: die gefrorenen Wasserfälle auf Island.

Die wird er nicht mehr zu sehen bekommen. Ein Kollege, so heißt es, soll noch versucht haben, ihn da wegzuziehen, wo er stand. Sicherheitsraum heißt das da, die paar Handbreit zwischen den Gleisen. Da stand Marvin, weil von Süden her eine S-Bahn eingefahren war. Und weil er nicht wusste, dass von Norden noch Fernverkehr kam. Normalerweise, bei so wenig Sicherheitsraum, hätte da kein Zug was zu suchen. Hätte auch dieses Gleis gesperrt sein müssen. Normalerweise hätte der Angeklagte am Morgen nicht nur den Fahrdienstleiter der S-Bahn anrufen müssen, sondern auch den vom Fernverkehr. Normalerweise hätten die Sicherungsposten, statt im Pulk bei der S-Bahn, auf Abstand verteilt stehen müssen, 450 Meter weit weg, damit sie warnen können. Es hätte, kurz gesagt, der Mann mit dem Stoppelhaar seinen Job erledigen müssen. Hat er aber nicht. Dann kam mit 100 Stundenkilometern der Zug.

Fahrlässig nennt das die Anklage. Tötung nennt sie es immerhin auch. Und man hätte gern verstanden. Hätte gern gewusst, was passiert ist. Meist hat ja einer Gründe für seine schwarzen Tage, hat sich gestritten, eine fiese Rechnung bekommen, nicht schlafen können, oder der Kater ist krank. Wusste der Sicherungsmann nichts über den Fernverkehr im nächsten Gleis? Wieso ist Marvin an diesem Einsatzort nicht eingewiesen worden vom Angeklagten, wie sonst immer? Hätten gestandene Bahner an seiner Stelle verhindert, wo er als Subunternehmer-Mietling versagte?

Irgendetwas müsste die Dame Justitia doch hier unternehmen, müsste reinbohren mit ihrem Schwert, müsste nachhaken, piesacken, so denkt man sich das. Aber der

Dame ist nicht danach. Will sie heute hier Schluchzer und stockende Stimmen hören, gestandene Männer nach Worten suchen sehen, will sie, an so einem schönen Tag, sich mit Schrecken befassen? Im Vorfeld ist sie beflissen gewesen. Hat sich ein Geständnis zusichern lassen. Im Gegenzug ein gewisses humanes Strafmaß bejaht. Jetzt bestellt sie die Zeugen ein, die letzten Männer, die Marvin am Leben sahen. Dankt ihnen fürs Erscheinen. Und schickt sie wieder nach Hause. Es ist ja bereits alles geklärt. Kurz entschwindet sie anstandshalber im Nebenzimmer, kommt dann wieder mit dem Urteil des Volkes: sechs Monate Haft, auf Bewährung.

Der Angeklagte hatte zuvor noch das letzte Wort. Sein letztes Wort war: Dass es ihm schrecklich leidtue. Und er am liebsten die Zeit zurückdrehen würde. Marvins Vater hat da tonlos den Kopf geschüttelt, hat tapfer gelächelt, unter Tränen – tatsächlich ein kaum zu ertragender Anblick.

Welche sind, die haben kein Glück

Wie die Pennyräuber von Marzahn an den Ladenöffnungszeiten scheitern

»Welche sind, die haben kein Glück« – heißt es bei Fallada. Der Maler und Lackierer Swen-Eric Klein, 46, hat sein Leben bislang abseits des Bundeszentralregisters gelebt; wie er es im Einzelnen geführt hat, können wir uns nicht zu beurteilen anmaßen. Von seinen Anlagen her war er als eine kleine, dünne Spitzmaus von Mensch vorgesehen, von den Umwelteinflüssen her ist er ein zwischen Hellersdorfer Platten Geworfener, hat mit sechzehn Jahren geheiratet und zwei Kinder in die Welt gesetzt, er trägt die Haare nach Hellersdorfer Manier als Aufwärtsbürste, raspelkurz an den Seiten, auch zwei breite Goldohrringe fehlen ihm nicht. Seine Haut ist rötlich-ledrig im Nacken, sein Gesicht ist das eines frühvergreisten Knaben, der Körper füllt die gebleichte Breitwandjeans und das knallgelbe Sweatshirt nicht wirklich. Den ihm anvertrauten Lebensentwurf hat er gemäß der ihm bekannt gewordenen Erwartungen zu erfüllen versucht, doch spielt das Schicksal nicht immer so mit: Swen-Eric Klein erleidet einen Schlaganfall mit 45 und verliert seine Arbeit. Und wie das dann immer so geht, verliert er seine Familie noch gleich hinterher: Swen-Eric Klein muss ausziehen bei den Seinen. Dann sitzt er im Schuldenloch, das 5.000 Euro tief ist, und 5.000 Euro sind nun mal nicht aufzutreiben mit Hartz IV. Wenigstens hat er noch diesen einen Bekannten, mit dem man den ganzen Mist wegsaufen kann.

Das ist Hans-Bodo Mattuschke, 54, und auch er könnte sich zu Falladas Bauer Banz und seiner aus Erfahrung geronnenen Existenzphilosophie in Beziehung setzen. Hans-Bodo Mattuschke hat vor langer Zeit einmal Industrie-Isolierer gelernt, hat seine Karriere aber vorwiegend abseits des Berufslebens gemacht: Von zwei Stiefvätern und einem DDR-Kinderheim auf der Welt empfangen worden, begann er als 18-Jähriger sein Lebenswerk, eine lange Liste an Gerichtsurteilen. 19 Stück sind es seit 1975 geworden, vom Diebstahl über Raub und Fahren ohne Fahrerlaubnis über Körperverletzung und Erwerb einer Selbstladewaffe hin zu einem Überfall auf einen Zigarettentransporter, der ihm eine Haftstrafe von sieben Jahren und neun Monaten eingebracht hat. Hans-Bodo Mattuschke, mit seinen tiefliegenden eingebrannten Augen, dem dünnen Haar und seiner sonnenfern fahl gewordenen Haut, er hat das alles irgendwie hinter sich lassen wollen. Er ist in seinem Alter noch von Halle nach Berlin übergesiedelt und hat im Sommer 2010 eigentlich eine aufknospende Existenz als Selbständiger begonnen: Aus dem Ex-Häftling ist ein mobiles Tätowierstudio geworden, doch Schulden drücken auch ihn. Seine Freundin Alexandra hat 12.000 Euro am Hacken, und die wird sie menschenmöglich nicht mehr los, die ist ja froh, dass sie bei Hans-Bodo ein Dach über dem Kopf gefunden hat.

So sitzt man also abends zusammen, Hans-Bodo Mattuschke und Swen-Eric Klein, auf gelben Wellen flottieren die Gedanken dahin. Wenn man die verbleibende Zukunft doch wenigstens bei null beginnen könnte! Köpfe werden zusammengesteckt, immer tiefer, Gedanken verschwimmen allmählich und werden dann wieder konkret. Danach schläft man einmal über die Sache. Dann geht man sich zwei Sturmmasken kaufen. Dass Hans-Bodo über eine Gaspistole verfügt, ist Vorwissen für beide.

Und am Abend geht es los. Erst wird noch frisch schäumender Mut eingefüllt. Dann sitzt man zu zweit im Wagen. Da ist doch ein Nettomarkt ganz in der Nähe, den kennt Hans-Bodo! Da parkt man ganz in der Nähe, sammelt sich, eine kleine Insel des Durchschnaufens im Auto, ehe Swen-Eric Klein zum Verbrecher werden soll, ehe man sich ein wenig Gerechtigkeit zurückholen will von der Welt da draußen. So sitzt man, die zusammengerollten Sturmmasken auf den Köpfen, so späht man zum Netto hin, bis Hans-Bodo ein mulmiges Gefühl überkommt: Hier nicht, denkt er, irgendwie fühlt sich das hier nicht gut an. Also fährt man noch mal los, bald schließen die gängigen Märkte, man strebt Marzahn entgegen. Die wachen Polizisten aber, die derzeit eine Überfallserie aufzuklären haben, und denen man schon im Auto sitzend aufgefallen ist, funken ihre Kollegen im nächsten Abschnitt an. Dann wissen die, dass da was kommt.

Schließlich hat man eine andere leuchtende Geldverheißung gefunden. Es ist die Penny-Filiale in der Hohensaatener Straße. In Sichtweite wird geparkt, dann beginnt der Aufbruch in ein neues Leben: Jetzt ist gleich Schließzeit, und als Räuber bittet man aus verschiedenen Erwägungen heraus erst ganz am Ende der Öffnung zur Kasse. Der nicht vorhandene Plan kommt erbarmungslos zur Ausführung: Hans-Bodo Mattuschke, die Sturmmaske hochgerollt auf dem Kopf, steigt aus. Er geht voran! Swen-Eric Klein, die Sturmmaske hochgerollt auf dem Kopf, schlendert hinterher in einigem Abstand: Er könnte jetzt irgendwie aufpassen, Schmiere stehen oder so. Oder vielleicht dann ja mitkommen in den Laden! Mal sehen. Hans-Bodo Mattuschke rückt entschlossen vor, die Waffe im Rücken, im Blick interessierter Beamter, bis zur Glastür. Und dahinter steht wieder Swen-Eric Klein! Das heißt, genau genommen steht da ein Spiegelbild von ihm: Herr Gersbeck ist ein paar Jahre jünger als Klein, in Lohn und Tütenbrot bei Penny, er trägt die Haare geraspelt mit Aufwärtsbürste. Am nur einseitigen Goldring im Ohr kann man ihn unterscheiden, ansonsten ist er ein Wiedergänger des Klein, sein guter Klon von der helleren Seite: Er hat einen Job und keinen Schlaganfall, und dass er schon gut verwurzelt ist im Arbeitsleben, erkennt man an seinem heutigen Wunsch. Er möchte ausnahmsweise mal rechtzeitig nach Hause! So hat er zur Abwechslung den Laden pünktlich, vielleicht auch einen winzigen Hauch zu pünktlich geschlossen.

Der Räuber steht da, Quadratmeter Glas vor der Nase. Er kommt nicht durch die Tür! Was soll er jetzt tun? Der Räuber macht sich bei Herrn Gersbeck bemerkbar. Die Mütze hochgerollt, die Waffe verborgen, fragt er durchs Glas: Ob er hier noch bitte einkaufen könne? Und Herr Gersbeck, der nach Hause will, schüttelt bedauernd den Kopf: Nein, man habe schon zu. Da greift Hans-Bodo Mattuschke für einen Räuber zum Äußersten: Er dreht wieder ab. Geht noch die paar Meter bis zum Auto hin. Und wird dann in Kommandostärke auf den harten Marzahner Boden geworfen, dass die Lippe platzt, wird dingfest gemacht und verfrachtet. Herr Gersbeck aber, der Glücksklon mit dem Einzelohrring, kann wieder nicht pünktlich nach Hause. Gerade will er nun aber wirklich mal los, da steht die Polizei an der Tür und erklärt ihm: Es habe eben so etwas wie ein Überfall stattgefunden. Herr Gersbeck ist baff. Die beiden Räuber haben seiner Pünktlichkeit womöglich Jahre ihres Lebens zu verdanken: Ein minder gelungener, doch auch minder schwerer Fall von versuchter räuberischer Erpressung ist aus ihren glasigen Plänen geworden, und Hans-Bodo Mattuschke, dessen mobiles Tätowierstudio gerade ins Rollen gekommen war, er darf nun zum Abschluss seiner langen Laufbahn fünf Jahre und neun Monate lang die Berliner Zellen mit den Hallenser vergleichen: Und danach, sagt er still, soll »endlich der Rest meines Lebens normal verlaufen«.

Der Maler und Lackierer Swen-Eric Klein aber, derzeit wieder unbescholten in Stellung sowie zurück im Schoß der Familie, er kommt mit einer Bewährungsstrafe davon. Glück muss man manchmal haben! Er kann dem Pennymann Herrn Gersbeck davon berichten in diesen langen Verhandlungspausen, da die Talare durch die Flure treiben – schiedlich sitzen sie zusammen auf der harten Holzbank, der eine ein Abglanz des anderen, sie lassen die Köpfe gemeinsam hängen, sie flüstern sich manchmal was zu: Wie's auf der anderen Seite aussieht vielleicht.

»Ick wasch keine Kinder!«

Wie die kleine Chantal – oder vielleicht auch nicht – gebrandmarkt wurde

Konkretion kann schon recht erdrückend sein. Susanne Marquardt wird vorgeworfen: Erstens hat sie die kleine Chantal, deren Tagesmutter sie war, einmal zu Boden gestoßen. Weil Chantal unerlaubt die Wohnungstür geöffnet hat. Chantal, damals vier Jahre alt, hat dabei Hämatome erlitten. Zweitens hat Frau Marquardt, und wir wollen die Schwere der Taten nicht durch die Vagheit indirekter Rede mindern, den Kopf von Chantal am Straßenrand mit dem Kopf der ebenso kleinen Julia zusammengestoßen. Weil sie nicht still standen. Hämatome und eine Einblutung am Auge waren die Folge. Drittens hat Frau Marquardt, 44, die ganz unscheinbar, hager, still und demütig unter ihrer strohigen Frisur auf dem Anklagestuhl sitzt, drittens hat sie, als die kleine Chantal einmal beim Essen trödelte, ihr einen heißen Föhn auf die Wange gedrückt, so dass das Gittermuster des Föhns sich auf Chantals Gesicht einbrannte. Was haben Sie, Frau Marquardt, dazu zu sagen?

Frau Marquardt will sich durchaus äußern, mit ihrer dünnen, leisen Stimme. Nur Einsicht zeigt sie keine. Sie sagt: Sie könne nicht verstehen, dass ihr das vorgeworfen wird, nichts habe es gegeben, was sie dem Kind absichtlich zugefügt hätte. Sie habe immer gedacht, sie hätte ein besonders gutes Verhältnis zu Chantal. Ein Frühchen sei die, einen Herzfehler habe sie und einen Sekundenschlaf, weswegen sie regelmäßig spontan umfalle. Doch habe sie, Frau Marquardt, die kleine Chantal schnell ins Herz geschlossen, so süß sei die, und habe damals dann nach dem ersten Kennenlernen gesagt: Sie würde sich auf sie einlassen, würde ihr helfen wollen, sich gut zu entwickeln. Zu den Vorwürfen lässt Frau Marquardt sich auch ein. Erstens: Die Tür sei verriegelt, die könnten die Kinder gar nicht aufmachen, und die dürften sie auch gar nicht aufmachen. Zweitens: Einen Föhn habe sie zu der fraglichen Zeit gar nicht besessen! Die Wangenrötung stamme von einer Pflasterallergie. Drittens: Der Zusammenprall sei von Chantal und Julia auf einen kleinen Unfall beim Überqueren der Straße zurückzuführen. Da seien auch, sagt Frau Marquardt, zwei Männer in der Nähe gewesen, die das bezeugen könnten, die seien ja wohl auch heute geladen.

Sind sie aber nicht. Die Herren werden heute nicht auftauchen. Es werden überhaupt keine Tatzeugen auftauchen, auch Chantal nicht, die immerhin von einer Journalistenkollegin auf dem Gerichtsflur erspäht wird: Wirklich sehr süß soll sie sein. Ihre Interessen aber – hier und in der Welt – vertreten ihre Mutter, Frau Bock, und ihr Stiefvater, Herr Raabe. Letzterer, 44 Jahre alt, liefert einen denkwürdigen Auftritt ab. Zunächst einmal stellt er heraus und versichert glaubhaft, dass er selbständig sei und viel zu tun habe, und es ist gar nicht immer so leicht, ihn ganz zu verstehen, so selbständig ist er, so viel zu tun hat er. Dass er mit der Kinderaufzucht nicht weiter befasst ist, wollen wir ihm glauben, zu erschrocken ist er bei der Idee, er könne beim Waschen des Kindes mal Hämatome oder andere Verletzungen bemerkt haben: Das Kind waschen? Er? »Nee, prinzipiell nich', ick wasch keine

Kinder.« Solche Dinge haben Mutter Bock und Stiefvater Raabe unter sich schlüssig geregelt: Sie kümmert sich, und er kommt abends spät nach Hause.

Einmal aber, und der Schock spricht ihm noch aus der fahrigen Darstellungsweise, einmal ist selbst Herr Raabe hellhörig geworden: Da hat er Chantal, es hat sich an dem Tag nicht vermeiden lassen, von der Ergotherapie abgeholt und dann zur Tagesmutter, zur stillen Frau Marquardt also, gebracht. Und er sei die Treppe mit ihr hochgelaufen, und auf einmal habe die kleine Chantal ihn gefragt: »Hältst du mich auch gut fest?« Der Ausdruck! Sagt Herr Raabe vor Gericht. Hältst du mich auch gut fest! Das hat selbst Herrn Raabe aus seiner sonstigen Betriebsamkeit herausgerissen, da hat es bei ihm im Kopf gerattert, da war ihm klar, versichert er dem Gericht, da ist irgendwas! Und ein anderes Mal, weiß Herr Raabe noch, habe er Chantal bei der Tagesmutter abgeholt, da war sie schon vier. Aber da habe sie ganz apathisch am Boden gesessen und mit Bauklötzen gespielt. Die Art und Weise, sagt der empathische Herr Raabe, wie sie da gespielt habe! Bausteine übereinander gestellt habe sie, und sie habe, er sage das jetzt mal so, »dajesessen wie 'ne Bekloppte«.

Woher er denn wisse, dass die rote Backe von einem Föhn stammte? Das hat er von Frau Bock gehört. Ob er denn Chantal mal auf ihre Verletzungen angesprochen hat? Auf die Gewaltausbrüche der Tagesmutter? Und, entschieden verneinend, umreißt Herr Raabe die Grundzüge seiner Erziehung: Wir haben nie nachgefragt, wir sind nie drauf eingegangen. Warum? Weil wir nicht drauf eingehen wollten. Ach so. Dann darf Herr Raabe gehen, ein freier Mann, es gibt noch viel zu tun da draußen.

Als nächstes dann betritt die Kindsmutter den Saal, Erika Bock, 43, Versicherungskauffrau, mit herrischer Miene und Sonnenbrille auf dem blondierten Haar lässt sie sich nieder und wird dem Fall nun endlich mal Aufklärung einpauken: Immer mehr, sagt sie, habe das Kind ja im Laufe der Zeit erzählt, von Verletzungen, vom Treten, und wie sie am Hals aus dem Bett gezogen worden ist … und dann die Sache mit dem Föhn: Am Anfang, erklärt Frau Bock, waren das ja noch gar keine sichtbaren Verletzungen, die Verbrennungen haben sich ja im Lauf der Zeit erst verschorft, da erst ist dann das Gittermuster des Föhns als Wundmal zutage getreten, und dann ist Frau Bock durchaus zugegangen auf die Tagesmutter und hat sie gefragt, ob denn da geföhnt worden sei, und später ist dann erst herausgekommen: Weil Chantal ihr Essen nicht schnell genug herunterbekam, »wurde sie gebrandmarkt«.

Warum sie ihre Tochter trotz der ersten Vorfälle noch zehn Monate lang bei der Tagesmutter gelassen habe? Wird der Justiz wohl zu fragen erlaubt sein. Nun, erläutert Frau Bock, sie habe nicht an einen Vorsatz geglaubt. Erst im Lauf der Zeit und im Nachhinein habe sich alles schlüssig zusammengefügt. Diese vielen Stürze, die vielen kaputtgegangenen Brillen. Sie wusste ja nicht, sagt Frau Bock, was die Tagesmutter dem Kind eingeschärft hatte: Dass Chantal niemals etwas sagen dürfe. Weil ihrer Mutter sonst etwas Schlimmes passieren würde. Dies aber muss die Wahrheit sein! Denn von einer Therapeutin hat Frau Bock sich die Glaubwürdigkeit ihres Kindes bestätigen lassen, und die Therapeutin kennt Chantal schon seit drei Jahren, im Kindergarten jetzt blieben die Brillen heil, und so viele Entwicklungssprünge macht Chantal jetzt, dass man nur davon ausgehen kann, »dass mein Kind die Wahrheit spricht«. Zu schade, dass wir dieses Kind hier nicht hören werden: die kleine Chantal. Was die alles durchmachen muss. Vielleicht hätte sie ja noch etwas über »die Sanni« zu sagen gewusst, die ihre Tagespflegerin war. Vielleicht hätte sie uns aber auch ihren Stiefvater und die Mutter erklären können. Rätselhaft etwa: Was tat Frau Bock, nachdem ihr das ganze Ausmaß des Verbrechens klar geworden war (»Eindeutig Kniffverletzungen!«), was also tat dieser Ausbund an mütterlicher Fürsorge, bevor sie dann losging, um die Anzeige auf den Weg zu bringen? Richtig, was sonst: Sie gab am Morgen erst mal das Kind ab. Bei der Sanni. Sonst hätte sie ja den Rücken nicht freigehabt zum Telefonieren. Die Richterin traut ihren Ohren kaum. Und beschließt wohl spätestens jetzt, Frau Marquardt, die den Prozess bis hierhin still erduldet hat, freizusprechen von allem.

Falkos Fluch

Wie ein gestresster Mann im Stress einmal eine junge Frau umzufahren versuchte

Der Fluch kam auf Plateausohlen daher, wie sie heute niemand mehr trägt, allenfalls noch Personen, die man als »Person« bezeichnet, wenn man denn gezwungen ist, sich Bezeichnungen für sie zu überlegen. Wo man doch lieber ungestört seinen Verrichtungen nachgehen würde: Rückspiegel gucken, ob man noch reinkommt in die enge Parklücke – verflixt, dass sich immer jemand findet, der in zweiter Reihe und damit dem Einparkvorgang im Wege steht! Uhrenvergleich: Zehn Minuten noch, bis das Postamt zumacht in Berlin-Französisch-Buchholz-West, einem jener abgeschiedenen Weltenden, die dort aus dem Boden wachsen, wo die Großstadt ins Ländliche ausfranst, wo man eines Tages den braven Bauern ihre Äcker abgekauft hat, um Einkaufsstraßen aus Backstein unter einem weiten, leeren Himmel werden zu lassen – zehn Minuten noch, dann macht die Post zu! Mit im Auto sitzt eine alte Frau. Was sie sagt, wissen wir nicht, wir müssten spekulieren: ob sie antreibt, eisig schweigt vielleicht, oder ob sie die Person da draußen als Person bezeichnet. Die alte Frau, so viel ist sicher, sie wird dabei sein, wenn ihr Chauffeur und Sohn zur Heimsuchung auch noch seine Strafe erhält, sie wird im Publikum sitzen, und wenn ihr schnauzlippiger, bisschen pausbäckiger Sprössling, 46, wird davonschleichen wollen so still als möglich, und wenn er versuchen wird, den Pulk der interessierten Prozessbeobachter nach dem Prozess zu meiden, indem er einen Fahrstuhl später fährt vielleicht, oder sich ein Treppenhaus sucht im Amtsgericht von Moabit, zögerlich die Wände entlangscharwenzelnd, dann wird die alte Dame hineinflutschen in den Journalistenfahrstuhl, sie wird sagen: Falko, komm! Und Falko wird kommen.

Zuvor aber, bevor Falko und seine Mutter davontrippeln können, ein Jahr, zwei Monate und zwei Wochen auf Bewährung im Gepäck, dazu drei Jahre Führerscheinentzug und tausend Euro Geldstrafe, ehe sie sich ins allgemeine Getriebe hineinfädeln und zwischen Innenministeriums-Schauderbau und S-Bahn-Station verlieren werden, die Mutter dabei völlig unbescholten, ehe sie also wieder in ihr Leben in Französisch-Buchholz zurückkehren können, dorthin, wo die Straßen noch nach Zahlen heißen und man also beispielsweise wohnen kann: Straße 72 Nummer 4, müssen sie noch einmal die Heimsuchung erdulden: Aufrecht, laut und kess wird sie auch hier wieder hineinschießen, in den Amtsgerichtssaal, rosa Strähnen im Haar, und eigens wird sie dieselben Hochplateauschuhe angezogen haben, welche sie auch damals trug und welche keine völlig zu vernachlässigende Rolle im Tatverlauf spielten. Als die Person nämlich sich vor dem Wagen aufgebaut hatte, in dem Falko brutzelte: Oh Druck, oh Zeitnot! Hatte er doch seine beinschwache Mutter soeben im Postamt abgeladen, welches nun bald schließen würde; hatte er doch noch zwei Pakete dorthin zu verbringen sowie den Wagen abzustellen, wo ein Wagen abgestellt gehört. »Ich musste mich ja von der Zufahrt wieder entfernen, sonst hätte ich mich ja auch falsch verhalten«, sagt Falko, Lippenbärtchen im Gesichtle und chronisch ein wenig beleidigt, als ob das Leben ihm irgendwie immer wieder quer zu liegen käme, ihm, der doch nur seine Ruhe, bitte, haben mag. Einfach wegfahren wie geplant konnte er nicht. Denn nun war die Person da, behinderte seine Abfahrt und wetterte: ob er denn für so was schon mal eine Anzeige bekommen habe! Dabei hatte er ihr doch, und zwar des Parkens in zweiter Reihe wegen, einen gewissen Finger gezeigt. Aber welchen?

Unter anderem dies zu erwägen, ist heute die Aufgabe der Juristen. Falko hat einen Anwalt dabei, der schon andere Tage erlebt hat, der als junger Mann vielleicht seine Robe aufrechter getragen und in der Zukunft mehr Entdeckenswertes gesehen hat als heute in der Gegenwart, und mit Mattigkeit lässt der sich ein: Das Gericht, bitteschön, möge doch die Kuh im Dorf lassen. (Ja, Kuh sagt er, schließlich war es ein Bauernstaat vormals, auf dessen nachgelassenem Grund der Spuk sich zutrug.) Sein Mandant bestreite, dass er die Zeugin habe beleidigen wollen, denn es sei nicht Mittel-, sondern der Zeigefinger gewesen, welcher zum Zwecke der Ermahnung vorgezeigt ward, und also sei das Nächstfolgende auch nicht geschehen, um etwa eine Straftat zu verdecken. Denn es habe ja gar keine Beleidigung stattgefunden. Mehrfach habe er sich unterhalten mit seinem Mandanten, und eigentlich sei es Wahnsinn, was sich da zugetragen habe, aber die Sache habe eben ein Eigenleben entwickelt, eine Situation sei entstanden, in der er nicht mehr bei sich gewesen sei – aber den Stinkefinger, den habe er nicht gezeigt. Der passe auch gar nicht zu seiner Generation. Und was die Strafe angehe, so habe er eine Bitte, eine Anregung: Eine Führerscheinsperre für zwei Jahre sei »ein bisschen sehr viel«, denn sein Mandant müsse beruflich immer nach Bernau, zurzeit fahre er Rad, spricht der Anwalt, »aber lass mal den Winter kommen«.

So also spricht man in der zivilisierten Welt, im Zentrum Berlins, wenn alle Stürme sich gelegt und verflüchtigt haben. Damals aber war die Heimsuchung, 28, über Falko gekommen, wohnhaft ebenfalls dort, wo Berlin und das Nichts sich küssen, und wo man noch im Techno-Outfit älter werden und Kinder kriegen kann. Die Heimsuchung sagt aus, was alle aussagen heute; die Schülerin Pia, 16, die weitere Schülerin Vanessa, 14, die anheimelnd runde Bäckersfrau, die Dame aus der Zoohandlung, die Friseurin Sandra und auch die junge Frau aus dem Schleckermarkt, alle wie sie zu den Ladenöffnungszeiten eben in ihren Kistchen aufgereiht sind in dieser Straße Schweizer Tal, die gar nicht mehr »Straße 34« heißt: Zweimal hat die Heimsuchung Falko gefragt, ob er denn wohl eine Anzeige haben möchte, des Stinkefingers wegen. Die Dame aus dem Schleckermarkt dachte erst an einen Ehestreit, als sie die Schreie hörte, und rückwärts tippelnd habe die Heimsuchung dem anfahrenden Wagen zu entkommen versucht – mit DEN Schuhen! Auf dem Kopfsteinpflaster, und zunächst aufrecht noch, später dann im Vorüberfahren, auf Falkos Motorhaube liegend, sich festklammernd an den Scheibenwischern, habe die Heimsuchung nacheinander der Schülerin Vanessa, dann der Friseurin Sandra in ihrem Friseurladen und wer weiß wem noch alles zugerufen: Sie möchten doch bitte die Polizei verständigen! Wobei etwa die Zoohändlerin Frau T. vor allen Dingen »lautet Jeschrei« vernahm und im Moment des ersten Augenscheins annahm: »Die drehen da 'n Film.«

Und zwar wohl den letzten Tarantino, den, wo die Stuntfrau auf der dahinrasenden Motorhaube umhergondelt. Schülerin Pia resümiert: »Bei der Apotheke hat er sie abgeworfen und ist übern Hugenottenplatz abgerauscht.« Mit offener Kofferraumklappe.

Falko starrt öfter mal versonnen an die Decke, manchmal schüttelt er in linder Verzweiflung den Kopf, so dass jeder es gut sehen kann, auch die Mutter in den hinteren Reihen. Wenn man das so hört! Dann klingt das ja nachgerade irre. »Verkehrsrowdy«, wird morgen in den Zeitungen stehen. Und ist doch nur ein Mensch, der sich nach ordnungsgemäßen Abläufen sehnte. Wer all das vor Gericht hört, ist ja nicht wirklich dabei gewesen. Diese Staatsanwaltschaft etwa. Hart und unverständig klingt, wie die den ganzen furchtbaren Vorfall hindrehen will: Sein »Fahrzeug gezielt als Waffe eingesetzt« habe Falko. Um einer Anzeige zu entgehen. Die Zeugin habe Angst um ihr Leben gehabt. Falkos ausweglose Lage damals ermisst hier niemand: Eine einzige Parklücke weit und breit, die Mutter im Wagen, die Pakete im Kofferraum, immer die Uhrzeit im Sinn, und wie er nun hineinstoßen will in die rettende Lücke, steht doch da der Kombi in zweiter Reihe, durchkreuzt alle seine schwindenden Einparkpläne, und kommt da, gestikulierend, schreiend: »Fahr doch in mein Auto rein!«, der Fluch über ihn. Von da an hat ja Falko im Grunde nur noch reagiert, gerade gelang es ihm noch, die Mutter auszuladen. Nun hätte er: Pakete ausladen müssen, rasch irgendwo parken, zur Post. Doch vor seinem Auto stand und zeterte die Person, gezückten Stiftes, um sich seine Nummer zu notieren, und da sei er dann angefahren, immer wieder, wie sonst sollte er das da wegbekommen, und immer wenn das Zeternde ganz dicht vor seinem Auto war, blieb er stehen. Jedoch: »Sie ist nicht vom Auto weggewichen.« Und irgendwie ist sie dann auf seine Motorhaube gesprungen, sogar draufgehauen hat sie ja, dann hielt er, dann rutschte sie runter, dann fuhr er wieder an, sie sprang wieder auf – und immer so weiter, schließlich muss er sie wohl ein Stück mitgenommen haben, das Schweizer Tal hinunter, seiner Schönheiten nicht achtend, immer weiter dahin, die Person auf seiner Kühlerhaube, bis hin zur Apotheke, wo Falko schließlich das Steuer hart einschlug, um das da hinfortzufegen. Und wie es ihm geglückt war, da raste er davon – »Ich war aber auch ERLEICHTERT«, sagt er dem Richter, »Ich fühlte mich richtig befreit« –, und natürlich gab es in seinem aufgepeitschten Sinn keinen Gedanken an einen Unfall oder dass der Dämon sich Hämatome, Verstauchungen oder Schlimmeres zugezogen haben könnte. Und noch viel weniger war in einer solchen schicksalhaften Extremsituation vorstellbar, dass das Unwesen – wie der Richter einwirft – unterwegs hätte von der Haube rutschen, hätte unter die Reifen und gar zu Tode kommen können. Das sind so Dinge, die im Gerichtssaal ein Jahr später vielleicht plausibel erscheinen mögen – aber nicht, wenn man soeben zum getriebenen Opfer einer solchen Attacke wird. Doch wie es eben ist in einer ungerechten Welt: Der Richter mag Falko nicht folgen, richtig stur ist der.

Expander am Kopf

Wie eine junge Schauspielerin einmal traurig war, viel trank und eine Kita anzündete

Da sitzt die böse Tante. Die kennt man schon aus den Medien. Neben ihrem Anwalt hat sie ihre schlanke Gestalt über den Stuhl gehängt, die Haare sind hipper zurechtgeschnitten als auf den Filmfotos, die es von ihr im Internet zu holen gibt: Maria K. mit zerfranster Frisur in ihrer ersten großen Rolle als scheues, zurückgezogenes Erziehungsheimkind. Maria K. mit zerknautschtem Blick als manisch-depressive Sorgentochter in ihrer zweiten Hauptrolle. Maria K., frisch frisiert im Geblümten und mit einem hässlichen silbernen Klotz von Leopard auf einer unhandlichen Massivholzplatte, den man ihr in Locarno überreicht hat: Preis für die beste Darstellerin der Filmfestspiele. Maria K. mit Lippenstift, schrägem Haar und skeptischem Blick – neben Julia Hummer und Katharina Schüttler – auf einer Abstimmungsseite »Wer sind die neuen Stars?«.

Glaubt man den Internetforen, so steht Maria K. zu Recht in dieser Reihe: Alle Filmfans sind schwer beeindruckt von ihr, von ihrer Fähigkeit, verletzliche, verstörte junge Frauen zu spielen; Mädchen mit dicken Problemen. Seit die Sache mit der Kita passiert ist, mischen sich auch noch andere Stimmen in die öffentliche Meinungshabe hinein: Sie habe wohl doch nur sich selbst gespielt. Sie brauche dringend Hilfe. Meinen die Wohlmeinenderen. Den Zeitungen ist es weniger um Gnade zu tun. Im

November titeln sie: »Aus purer Wut: Schauspielerin zündete nach Beziehungsstreit Kita in Prenzlauer Berg an«. Und in den Berichten lassen sie durch einen betroffenen Kindermund ergänzen: »Eine böse Tante hat unsere Kita angezündet.«

Maria K. ist jetzt einundzwanzig Jahre alt. Sie studiert Linguistik und deutsche Literatur, manchmal kommen Engagements als Schauspielerin dazu. Ansonsten jobbt sie in einer Kneipe. Der Vater bezahlt ihr die Telefonrechnung. Maria K. wird jetzt für circa 500.000 Euro aufkommen müssen, die der Brand an Schäden verursacht hat. Als erstes will sie den Kindern ihre persönlichen Habseligkeiten ersetzen: Wechselkleidung, Kuscheltiere, Spielzeug. Dafür zahlt sie bereits 100 Euro monatlich ab. Maria K. spricht leise, sie spricht rauh, wie es die wilden Volksbühnenweiber tun, sie ist keine Schönheit, aber sie ist eine Frau, die man ansehen muss, so herb, traurig, wütend und ratlos schaut sie drein. Für ihre erste große Rolle, das zurückgezogene Mädchen aus dem Heim, soll sie direkt auf der Straße angesprochen worden sein – eine Geschichte, die gar nicht wahr sein muss, um zu stimmen.

Geschichten braucht der Mensch für den großen Gesamtzusammenhang. Geschichten erklären alles. Fürs Geschichtenerzählen haben wir uns die Religionen geschaffen, die Schriftsteller, die Schauspieler. Vor Gericht ist meist noch ein anderer Kollege gefragt: der psychiatrische Gutachter. Der hat Maria K. »exploriert«. Und bietet uns folgenden Vorlauf für die Nacht des 13. November 2005, in der Maria K. ein Fenster in der Kita Sonnenmäuse einschlug und dann zehn Feuer in acht Räumen legte:

Maria K. ist ohne Vater aufgewachsen. Ihre Mutter ist mit ihr aus Ostberlin in den Westen übergesiedelt, lange Zeit hat die Kindergärtnerin keinen Job gehabt. Immer hat sie eine Atmosphäre extremer Unsicherheit geschaffen. Ohne ersichtlichen Grund konnte sie von einer Sekunde auf die andere vollkommen ausrasten, nur ein Blinzeln in den Augen kündigte an: Brüllen, Toben, Schlagen. Dann waren die Entschuldigungen dran, die Tränen. Maria K. fing an, nachts durch die Straßen zu laufen. Sie wollte sich wie ein Verbrecher fühlen, wie jemand, der den Leuten Eindruck macht. Maria K. kletterte auf Gerüste, trug Blumentöpfe von einer Etage zur anderen. Maria K., die beim IQ-Test auf 130 Punkte kommt, fand nicht zu ihren Mitschülern, fand zu niemandem, verlor sich in ihren Gedanken und ihrer regen Fantasie. Mit zwölf begann sie zu schauspielern.

Der Gutachter erzählt gern von ihr. Vom neuen Lebensgefährten der Mutter, der so nett war, der mit Maria Lego baute, Flugzeuge baute beispielsweise, die sie zusammenkrachen ließen – aha! –; vom ödipalen Dreieck der Elektra; von der Lebenskrise, in die die Mutter im Jahr 2004 stürzte: Freund weg, Verkehrsunfall, desolates Herumhängen – »hoch suizidal«, Marias Auszug. Dann deren Martyrium in der Volksbühne: Wochenlange Proben unter einem jener Regie-Irren, die ihr Publikum fünf Stunden lang quälen wollen, weil die Welt so schrecklich ist, und die dafür auch ihre Schauspieler nach Kräften terrorisieren. Der Gutachter erzählt von Marias Trennung von ihrem Freund, von den drei anderen Männern, mit denen sie sich binnen zwei Wochen einließ, erzählt von Verkehrsunfällen, von einem Expander, der ihr bei einer

Party gegen den Kopf schoss, von der Lesung, die sie daher mit Augenklappe bestreiten musste …

Die Richterin geht dazwischen. Sie sagt: »Die meisten Sachen fallen unter: Na ja, so ist das Leben.« Sie scheint eine Theaterkennerin zu sein, sie teilt mit: Problematische Beziehungen seien doch in Schauspielerkreisen nichts Besonderes. Maria K. sei doch da nicht eingesperrt gewesen, in dem Theater, sie hätte doch gehen können. Das aber kann der Gutachter nicht stehenlassen: Die Möglichkeit, sich abzugrenzen, habe Maria K. nicht gehabt. Das habe sie zu Hause nicht gelernt.

Nein, Grenzen sind ihre Sache nicht, am wenigsten in dieser Nacht des 13. November. Maria K. hat eine weitere Terrorprobe hinter sich, privat wird noch getrunken, einer ihrer Liebhaber bedrängt sie, sie ruft ihren Exfreund an, er solle doch auch noch kommen. Sie trinkt. Sie geht. Sie trägt eine immense Traurigkeit und Wut mit sich umher, sie kommt an einer leeren Kita vorbei, »interessiert sich für das Gebäude«. Die Richterin hält ein Foto vor: Das sei doch ein eher hässlicher Bau, was denn daran interessant sei? Maria K. erklärt: »Dass da keine Personen drin sind.« Sie schlägt das Fenster ein, sie dringt ein, läuft herum; sie lässt ihr Gefühl übergreifen auf das Haus. Mit dem Feuerzeug. Der Gutachter hat einen Zusammenhang gefunden, er sagt: Als erstes hat sie einen Lampion angezündet, so wie in ihrem ersten Film. Sie selber sagt: Erklärbar aus meiner Person heraus ist das nicht.

Die Richterin hat genug gehört. Sie sagt, sie habe schon viel schlimmere Lebensläufe kennengelernt, da lägen noch ganz andere Leichen in irgendwelchen Psychokellern herum; wenn man jeden so umfangreich begutachten würde wie die Brandstifter, »dann würden wir hier kaum noch jemanden verurteilen«. Maria K. aber wird begutachtet, ihr Lebenslauf wird angehört, wegen mangelnder Reife wird für sie das Jugendstrafrecht gezückt – »Aber dann muss es auch irgendwann gut sein mit den Wohltaten, die man über sie ausschüttet.«

So nimmt Maria K. entgegen: zwei Jahre Jugendstrafe zur Bewährung. Die Auflage einer Langzeittherapie. Und das Urteil nach dem Urteil: schlechte Noten für die Reue der Beklagten. Ein-, zweimal hat Maria K. leise ihr Bedauern geäußert, hat sich auch zu den Kita-Frauen im Publikum umgedreht – sie fand keine Gnade, bei ihnen nicht, und bei der Richterin auch nicht. Die lässt wissen: »Jemand, dem eine Tat aufrichtig leidtut, der bringt das anders zum Ausdruck.« Zu unsicher und verhuscht hat Maria K. wohl ihre Entschuldigung gesetzt – nicht wie man sich eine Schauspielerin vorstellt, sondern eher wie irgendeine verstörte, scheue junge Frau.

»Verlasse unser Grundstück!«

Wie zwei Rentner-Ehepaare einander das Leben auf Lanzarote zur Hölle machten

Im Raum 2105 des Amtsgerichts Tiergarten ziehen die Gladiatoren ein. Herr Pelzer, kurzatmig und zerbrechlich, schlohweiße Haare. Frau Pelzer, klein und knubbelig, praktischer Kurzhaarschnitt, Krücke. Frau Ippig, hager und mit starkem Kinn, praktischer Kurzhaarschnitt, zwei Krücken. Herr Ippig, rotgegerbte Haut, knittriger Nacken, schlohweißes Haar, muss während seiner Befragung eine Pause beantragen. Das Herz macht nicht mehr so mit. Die Staatsanwältin verliest die Anklagepunkte, das dauert eine Weile, viel Lust hat sie nicht.

Im Zeitraum von April 1998 bis September 2002, so wird ihnen zur Last gelegt, hätten die Ippigs die Pelzers auf folgende Weisen geschädigt: Beschmieren einer Wand mit grüner Farbe. Beschmieren einer Wand mit Teerfarbe. Einreißen von Teilen einer Mauer. Zerstörung von Hohlbausteinen. Einreißen einer Türlaibung eines Gartentors. Einreißen eines Geräteschuppens. Zertrümmerung eines Hausbriefkastens. Herausreißen eines Torpfostens. Zerstörung von Zierpflanzen. Verkleben von Tür- und Vorhängeschlössern mit Sekundenkleber. Abreißen von Schutzblechen, die die Schlösser gegen das Verklebtwerden verwahren sollten. Einleiten von Urin in den Wohnbereich der Pelzers. Einleiten von Fäkalien ins Wasserreservoir der Pelzers mit der Folge von Hautausschlägen und fiebriger Darminfektion. Von Herrn Ippig befeuerter körperlicher Angriff Frau Ippigs auf Herrn Pelzer, den kleinen, kurzatmigen, zerbrechlichen Herrn: Anspringen, Abreißen seiner Brille, Tritt in die Genitalien.

Herr Ippig lässt sich ein: »Ich bin nicht nach Lanzarote gegangen, um meinen Lebensabend mit Richtern und Anwälten zu verbringen.« Herr Ippig war einmal Polizeibeamter, hellgelbe Segelschuhe zieren ihn jetzt, nur an der Sprechweise, am unwilligen Grummeln kann man die alte Profession noch erkennen. Herr Ippig sagt: »Ich habe auf dem Grundstück der Pelzers überhaupt nie eine Zierpflanze gesehen, nur so Kakteen.« Er sagt: »Die sind monatelang nicht auf Lanzarote, die Pelzers, und wenn sie sich doch mal blicken lassen, dann ist vielleicht irgendwo ein Blatt runtergefallen, und dann holt Frau Pelzer die Polizei.« Meist aber sagt er: »Entzieht sich meiner Kenntnis.«

Frau Pelzer sitzt neben ihrem Anwalt, sie hat einen großen Ordner dabei, sie blättert hin und her: Fotos, auf Papier geklebt, zwei Bilder pro Bogen, manche entnimmt sie, legt sie vor den Ordner, fängt wieder an zu blättern, entnimmt andere, legt auch sie neben den Ordner. Oft schüttelt sie den Kopf, mal humpelt sie unter Stöhnen an ihrer Krücke aus dem Raum, einen Gerichtsreporter muss sie abweisen, sie sagt: »Das ist zu schmerzhaft und zu bedrückend für mich.«

Wände sind wichtig in diesem Fall. Hinter einer Wand sei Frau Ippig aufgetaucht, sagt Frau Pelzer, um ihr einen Eimer Wasser über den Kopf zu kippen. Drei Wände eines werdenden Pelzerschen Geräteschuppens wurden von Unbekannt eingerissen. Mit einer Wand haben die Pelzers den Ippigs eine Tür zugemauert, die habe Herr

Ippig eigenhändig wieder freigeklopft. Das Bemalen einer weiteren Wand gesteht er gern ein: Sehr wohl habe er die bemalt, schließlich sei das ja seine Wand, die habe er selbst gebaut, noch lange bevor die Pelzers überhaupt auf Lanzarote auftauchten und den anderen Teil des Grundstücks kauften, mit grüner Farbe habe er »Wand Ippig« auf die Ippig-Wand geschrieben, »damit die Familie Pelzer mal mitbekommt, dass das unsere Wand ist«. Der Richter lässt sich Lagepläne vorführen, es ist nicht leicht, den vorhandenen Mauerparcours nachzuvollziehen, eine Todeszone zwischen den Grundstücken bleibt umstritten, und die Ippigs, sagt Herr Pelzer, hätten den bestellten Gutachter nicht auf das Grundstück gelassen.

Der Richter entdeckt schon wieder eine Mauer. »Das ist nicht unsere Mauer«, erklärt Frau Ippig, »die gehört Lola, der Spanierin.« Die Affäre mit dem Eimer ist Frau Ippig anders erinnerlich: Das Badezimmerfenster habe sie von außen putzen wollen, so wie sie es schon immer tue, da sei plötzlich Herr Pelzer gekommen und habe gesagt: »Verlasse unser Grundstück!«, daraufhin habe sie gesagt: »Werner, ich gehe erst, wenn ich fertig bin mit Putzen«, daraufhin sei er dann wie wahnsinnig auf sie losgegangen, habe ihr den Eimer entrissen, beide seien sie nass geworden, dann habe er auf sie eingedroschen. Eine neun Zentimeter mal zwei Zentimeter große Risswunde am Schläfenbein habe der Arzt festgestellt, Kratzspuren an den Schultern, Hämatome an den Armen.

Frau Pelzer habe wohl mit ihrem Diktiergerät alles aufgenommen, das mache sie öfters mal. Früher sei das eine nette Nachbarschaft gewesen, also so im Rahmen, dann habe Frau Pelzer immer Einschreibebriefe geschickt, wenn sie etwas gewollt habe, schließlich hätten die Pelzers sie ständig mit Fotoapparaten belauert; wenn sie morgens um drei viertel sieben mit den Hunden rausgegangen sei, habe Herr Pelzer sie schon mit Blitzlicht geknipst. Das mit dem Diktiergerät gibt Frau Pelzer gern zu, damit habe sie die neuesten Beschimpfungen aufnehmen wollen. Den Rest erinnert sie anders: Mehrfach sei Frau Ippig aufgefordert worden, das Pelzersche Grundstück zu verlassen, sei dann »mit erhobenem Wassereimer« auf Herrn Pelzer losgegangen, der habe ihr den Eimer entwunden, und später sei Frau Ippig hinter jener Mauer hervorgestürzt und habe Frau Pelzer das Wasser über den Kopf geschüttet, Pelzers hätten dann Anzeige erstattet, und bei ihrer Rückkehr habe Frau Ippig den Weg zum Grundstück verstellt, sei Herrn Pelzer angegangen, habe ihn gekratzt und gekniffen, er selbst habe den Kopf weggedreht und habe sie weggehalten von sich, Herr Ippig habe gerufen: »Ihr werdet schon sehen! Das wird Folgen haben!«, und da seien die Pelzers dann so schnell wie möglich nach Hause geflogen, weil Herr Pelzer früher schon eine Herzattacke hatte.

Nachfragen sind nicht Frau Pelzers Ding. Der Richter möchte zum Beispiel wissen: »Stand denn da jemals ein Geräteschuppen?« Dann fängt Frau Pelzer an, in ihren Bildern zu kramen, eine Auswahl hat sie mit zu ihrem Zeugentisch genommen, da ist es nicht, eines ist auch heruntergeflattert, ob es das vielleicht sei, möchte der Richter wissen, nein, das ist es nicht, einen Tisch weiter durchsucht Frau Pelzers Anwalt ihren Ordner. Dann hat sie etwas. Zeigt es. Der Richter fragt: »Wo ist denn der Schuppen?« Frau Pelzer sagt: »Da!« Der Richter sagt: »Aber da ist doch gar kein Schuppen.«

So geht es ständig. »Haben Sie gesehen, wer die Hohlsteine zertrümmert hat?« – »Also, schauen Sie, man kann ja hier ganz leicht eindringen, über diesen Weg.« – »Ja, noch mal zurück zur Frage: Haben Sie gesehen, wer die Steine zertrümmert hat?« – »Nein, ich habe das nicht gesehen, aber ich habe im Jahr 2000 gesehen, wie Frau Ippig hier diesen Weg hochkam mit einer Dreieckshacke und damit auf unsere Mauer gehackt hat. Danach ist sie hier dann wieder verschwunden.«

Es gibt keine Beweise. Es gibt keine Zeugen. Geständnisse sowieso nicht. Für einen Großteil der Anklagepunkte liegen keine Strafanträge vor. In diesen Punkten will die Staatsanwältin das Verfahren einstellen, ansonsten plädiert sie auf Freispruch, dem wird der Richter dann gleich folgen. Ehe er sich zur Beratung zurückzieht, erinnert er Frau Pelzer, sie könne jetzt ihre Fotos wieder an sich nehmen.

Der Mann, der in die Mitte des Sees ruderte

Wie Weronika sterben musste, weil ihr Freund zu sehr in Gedanken vertieft war

So wirklich verstanden hat er Weronika nie. Immer ist sie so aufbrausend, so fordernd gewesen. So aggressiv. Immer wieder hat er sich wehren, hat er sich schließlich zurückziehen müssen. Heute sitzt er deswegen vor Gericht, um ihn herum wird verhandelt, Herr Pawelczyk aber, 55 Jahre alt, schaut aus dem Fenster, und niemand weiß, welche Gedankengänge gerade umgehen in seinem eckigen, spärlich noch behaarten Koffer von Kopf. Umgekehrt: Worüber hier verhandelt wird, hat sich ihm noch nicht zur Gänze erschlossen. Denn der Fall liegt doch klar, Herr Pawelczyk hat ihn auf Anfrage dem Richter erklärt: 15 Meter Falltiefe, hat er gesagt, wenn man da die Energie berechnet, die auf den Körper einwirkt – da hat ein Mensch keine Chance. Darum ist ihm ja das Ganze auch so abwegig erschienen. Niemals, sagt Herr Pawelczyk, hatte er die Idee, Weronika könnte seinen Balkon auf andere Weise verlassen als durch die Wohnung.

Und Herr Pawelczyk hat ja nur Ordnung zu schaffen versucht. Ordnung, nachdem Weronika einmal mehr eingedrungen war in seine Welt. Er hat nur sie einzudämmen versucht. Der Plan vor Weronika war eigentlich dieser gewesen: Das Viertelfinalspiel Deutschland gegen Griechenland auf dem Laptop zu sehen, in seiner friedlichen Kreuzberger Einzimmerwohnung. Und danach bald ins Bett zu gehen. Denn am nächsten Tag stand ein zukunftsweisender Termin an: Herr Pawelczyk wollte nach Görlitz fahren und dort einen Bekannten treffen, mühevoll zusammengekratzte dreitausend Euro in der Tasche. Um, nach all den erfolglosen Versuchen, doch noch eine berufliche Stellung aufzubauen. Als Imker. Vierzig bis sechzig Völker müsste man haben, um davon leben zu können, erklärt er dem Richter. Und drei Jahre würde man wohl anzusetzen haben, ehe das Geschäft richtig läuft. Und da der Richter nicht eingreift für den Moment, erzählt Herr Pawelczyk immer weiter: Von den Bäumen in Berlin, den Friedhöfen und den Steinen, und was man alles bepflanzen könnte in Berlin, ein Paradies könnte man aufblühen lassen wie Euphrat und Tigris … Verschlossen ist Herr Pawelczyk nicht, er nimmt einen gern mit auf seine Gedankenreisen – wenn man nicht, wie sein eigener Anwalt, rüde dazwischenhaut: »Herr Pawelczyk, jetzt lassen Sie MICH mal reden!«

Auch Weronika hätte ja von all dem profitieren, hätte zuhören können, was der Diplom-Ingenieur Pawelczyk mitzuteilen hat, über die Friedhöfe, über das verblüffende Aufkommen an Wasservögeln in Berlin, über Zersetzungsprozesse bei organischer Masse … wenn sie denn hätte zuhören wollen. Nun ist sie selber nur noch organische Masse, zwar hat ihre Lunge noch ein paar Atemzüge getan, als ein Großteil des Gehirns schon über dem Pflaster zerspritzt lag, für die Gerichtsmedizin aber liegt der Fall klar: Weronika in ihrer körperlichen Form weilt nicht mehr unter uns.

Herr Pawelczyk hat lange gebraucht, um sich an den Gedanken zu gewöhnen, noch aus der Untersuchungshaft schrieb er Briefe, in denen er Weronikas Tod anzweifelte:

Sie sei, so schrieb er, möglicherweise in der polnischen Grenzregion zu finden. Und noch heute, das am Rande, spricht Weronika mit ihm. Da hört er ihre Stimme. Das ist die Abrechnung, auf die es für ihn ankommt, viel mehr als jetzt hier dieses Verfahren. Mit Weronika wird er noch einiges auszumendeln haben, und niemals wird er begreifen können, was sie umgetrieben hat an jenem Sommerabend: Sie war bei ihm aufgeschlagen, sie hatte nach Alkohol verlangt, sie hatte den Laptop heruntergeschmissen – kein Griechenlandspiel für Herrn Pawelczyk. Und Herr Pawelczyk hatte, um den von außen auf ihn einstürmenden Anforderungen gerecht zu werden, noch zwei Flaschen Rotwein nachgeholt vom Lidl. Aber damit hat er Weronika nicht beruhigen können. Weronika ist aufdringlich, ist zudringlich gewesen, Weronika ist tätlich geworden. Dazu noch der Alkohol. Herr Pawelczyk wusste: Wenn sie zu viel davon in der Blutbahn hat, dann fällt sie um, dann stößt sie an die Möbel. Und dann beschwert sich der Nachbar wieder. Um Schlimmeres zu verhüten, hat Herr Pawelczyk daher entschieden, ihr größere Mengen des Rotweins zu entziehen durch Eigenkonsum.

Geholfen hat es nicht viel. Weronika war eben Weronika. Man stritt sich und man rangelte, schließlich bugsierte er sie auf den Balkon. Da war sie ja eh meistens. Um zu rauchen. Herr Pawelczyk sah seine Chance gekommen, sich wieder Luft zu verschaffen: Und schloss also die Balkontür von innen zu.

Weronika zeterte. Weronika klopfte. Herr Pawelczyk reichte ihr ein Handy und ihre Handtasche hinaus. Dann wollte er es dunkel haben. Er riss sein Rollo ab und warf auch das noch auf den Balkon. Seine Lage war verzweifelt: Auf dem Balkon wütete die Frau. Und Herr Pawelczyk vermisste jetzt sein Geld, jene dreitausend Euro, in denen ein neues Leben schlummerte für ihn. Wie anders konnte das Geld weggekommen sein, als dass Weronika es vom Balkon geworfen hatte? Vielleicht hatte ihr Sohn unten auf der Straße gestanden und nur darauf gewartet?

Herr Pawelczyk, kein großer Trinker vor dem Herrn, hatte eine halbe Flasche Ouzo und den Weronika entzogenen Rotwein im Kopf. Herr Pawelczyk legte sich kurz hin. Um wieder zur Ruhe zu kommen.

Er erwachte vom Blaulicht, das an der Decke seines Apartments zuckte. Er fuhr hoch vom Klingeln an der Tür. Er öffnete. Da standen Polizeibeamte. Man habe eine tote Person vor dem Haus gefunden. Ob die wohl von seinem Balkon gefallen sei?

Herr Pawelczyk kann sich das bis heute nicht erklären. Weronika hätte doch das Fenster einschlagen können, hätte doch sogar telefonieren können, nach ihrem Sohn oder wem auch immer. Stattdessen hat sie nur wieder den großen Auftritt gesucht. Dem Gericht sagt Herr Pawelczyk: Sie hätte doch nur warten müssen. Er selber, sagt er, wenn er auf einem Boot wäre, und da wären Krokodile ringsumher – er würde nichts tun. Er würde warten. Oder dieser eine Mann in Russland, berichtet Herr Pawelczyk dem Gericht: Der sei von Wölfen verfolgt worden, und am Ufer eines Sees habe er ein Boot mit einem Loch gefunden, und dann sei er in die Mitte des Sees gerudert, und er habe das Loch verstopft, und dann habe er in der Mitte des Sees gewartet. Bis die Wölfe wieder verschwunden waren.

Das Gericht hat wenig Zweifel an Herrn Pawelczyks Version des Tathergangs. Verstört und geschockt sei er gewesen, bezeugen die Beamten, als man ihn über den Absturz informierte. Das verschwundene Geld haben sie im Badezimmer gefunden. Kratzspuren an der Hauswand deuten tatsächlich auf eine Kletteraktion Weronikas hin, und an ihrem zerschmetterten Körper hat man keine typischen Kampfspuren finden können. Dafür hatte sie ihre Handtasche dabei. Das Gericht sieht Herrn Pawelczyk in einer Mitschuld, schizotype Persönlichkeitsstörung hin oder her: Eine betrunkene, exaltierte Frau ausgesperrt auf einem Balkon im fünften Stock – dies habe eine nicht nur objektiv, sondern auch subjektiv vorhersehbare Gefahrensituation bedeutet. Es verurteilt Herrn Pawelczyk zu einem Jahr und drei Monaten auf Bewährung. Herr Pawelczyk aber, in seinem letzten Wort, sinniert: Wenn wir nur ein bisschen gegessen hätten! Dann wäre das alles nicht passiert. Essen war ja da, sagt er, man hätte es nur zubereiten müssen. Aber ich bin nicht auf die Idee gekommen.

Eine derart schreckliche Jugend erlebt man selten

Wie ein überarbeiteter junger Mann zum bundesweit gefürchteten Feuerteufel wurde

Heute geht's hoch her in Moabit! Die Pressearbeit des Verbrechers ist aber auch wirklich vorzüglich gewesen. Über Monate hat der Star des heutigen Prozesses ganze Arbeit geleistet: Das war eine echt emotionale Story, immer wieder in schöne Altbauten einzudringen in den frühen Morgenstunden. Ins Treppenhaus zu schleichen. Und dort dann schlagzeilenträchtige Kinderwagen anzuzünden. Da hat das halbe Medienvolk sich aber gewälzt in der Nacht! Wo nämlich ging es um und legte Brände, das PR-Genie? Im Prenzlauer Berg, wo wir Schreiberlinge dicht an dicht wohnen wie die Schwalben und aufgeregt piepsen; wo wir alle eines Nachts hätten aufwachen können im Qualm, und wo wir um Hilfe oder wenigstens rasch in der Redaktion angerufen hätten, mitten aus dem empörenden Brandgeschehen.

Damit nicht genug. Als die Behörden endlich zugegriffen, in Gewahrsam genommen, verhört und presseverlautbart hatten: Ließ die Medienwirksamkeit des Falles uns erbeben. Der Kinderwagenanzünder vom Prenzlauer Berg war nicht nur ein durchgeknallter, Kinder hassender Mordbrenner, nein – die Pressemitteilung steckte ein Motiv durch, das gerade noch gefehlt hatte: Hass auf Schwaben. Besser hätte es kaum kommen können. Seit einigen kornkreisärmeren Sommern ist der Prenzlberg-Schwabenhass nämlich ein echtes Thema, immer wieder multiplizieren die Zeitungen gern, was ein Stück anonymer Plakatierer und ein Stück anonymer Graffiti-Sprüher mitzuteilen haben: Die P-berger Ureinwohner lehnen Schwaben ab, sie hassen sie sogar! Da war es ja nur eine Frage der Zeit, bis diese vage Ablehnung in manifesten Terrorismus umschlagen würde: Maik D.! So heißt er. Ein Zeitungszusteller. Schon steht das Bild klar vor Augen: Ein ausgebooteter Ossi, einsam schleicht er durch die Nächte, leise öffnen sich der liebevoll renovierten Altbauten Türen, gegen ein Hungerhonorar wirft er hier Zeitungen in die Hausbriefkästen, die *Süddeutsche,* den *Tagesspiegel,* die *Welt* … und irgendwann hat der Hass dann einfach Besitz ergriffen von ihm. Er hat die Bugaboos der verhassten Besatzungsmacht gesehen, in denen sie ihre Maden herumkutschieren, immer neue, alles zuschwäbelnde Schwaben, die immer neue Dachgeschosswohnungen brauchen, geräumige, lichte Dachgeschosswohnungen, ganze Häuser voller Dachgeschosswohnungen … und da hat er dann Feuer gelegt. Fies gegrinst. Und hat, beschwingten Schrittes, seine restlichen Süddeutschen ausgetragen, bei jeder Einzelnen leise murmelnd: Euch krieg ich auch noch.

Heute ist der Tag der Gerechtigkeit. Andere Prozesse finden hier unter Ausschluss der Öffentlichkeit statt, vegetativ blinzeln Justizangestellte durch die Luft, lösen Reporterinnen Sudokus … Dieser ist überregional gemeldet worden. Da werden sie alle da sein, die Kolleginnen und Kollegen, da wird das Publikum strömen, da wird sogar der Mann vom Regionalfernsehen kommen und mit seinem Regionalfernsehbass den mitgeführten Kameraschergen Anweisungen erteilen, da werden die Ränge rappelvoll sein. Ich beschließe, eine Assistentin mitzunehmen. Das ist dem Anlass angemessen. Als wir den Presseauflauf vorm Gerichtssaal sehen, suchen wir Zuflucht auf den gemeinen Zuschauerrängen. Kurz hinter uns beendet ein ernster Beamter den Zuschauerzustrom: Voll, das Paket. Die Aufregung steigt. Da vorn sitzt der Hassbrenner! Gleich wird er sich sicher erheben und uns eine antischwäbische Tirade in unsere zugereisten Gesichter schleudern.

Nichts dergleichen aber geschieht. Etwas stumpf sitzt er da, der Terrorist, kein Fanatismus umspielt ihn. Die Haare kurz, die Unterlippe vorgeschoben, ist er ganz gefasst und gönnt uns ganz selten nur mehr als sein Profil, ganz selten nur den direkten Blick in die Abgründe der Bestie … Und nun stößt der Richter hinzu: Gutsituiert und gutgenährt lässt er sich vom Adlerhorst der Gerechtigkeit hernieder, sichtlich betroffen ist er, dass so viel Berliner Bausubstanz beschädigt worden ist. Etwas vorwurfsvoll zeigt er die Tatortfotos vor, öfter bemerkt er: Das sei doch so ein schön renovierter Altbau. Und dass diese Berliner Altbauten, mit Lehm und Stroh drin, dass die doch, wenn man Pech habe, brennen wie Zunder! Das weiß er auch. Zwei weitere Berufsrichter hat er mit einberufen. Da wird wohl das volle Gewicht der Justiz niederzukrachen haben auf den Angeklagten. Als Erstes aber bittet der Richter ihn: Erzählen Sie mal, wie es Ihnen ging im letzten Jahr.

Schlecht, sagt da Maik D., eigentlich schlecht von der Psyche her. Nachts, sagt er still, habe er als Zeitungszusteller gearbeitet, tagsüber habe er dann als Bauhelfer in Moabit und im Wedding gearbeitet, und am Wochenende habe er sich noch mit einer Wochenzeitung ein Zubrot verdient. Da fragt der Altbaufreund milde: Wann haben Sie denn geschlafen? Kamen Sie sich vor wie so ein Hamster in so einem Rad?

Fast gar nicht hat er natürlich geschlafen. Und Drogen hat er eingeworfen, Amphetamine vorwiegend, dauerhaft, um in Fahrt zu bleiben. Ähem, keimt da etwas Mitleid in uns auf? Dafür sind wir doch nicht hergekommen! Jetzt kommt auch noch eine Zeugin hereingestakst, so spindeldürr, dass wir ganz in Sorge umschlagen, und sie flüstert: Der sei ein Stiller, in sich Gekehrter, der Maik. Und wenn der seine Drogen genommen habe, dann sei er eher noch stiller geworden. Im fraglichen Sommer habe man sich kaum sehen können, aber übers Internet und telefonisch habe man Kontakt gehalten, und eines Tages habe Maik D. zu ihr gesagt: Er habe ein Problem. Er müsse mal mit ihr sprechen. Und da habe man sich für einen anderen Tag verabredet, aber an dem Tag sei er dann ja festgenommen worden.

Was soll denn das hier werden? Die anwesenden Medien beginnen unruhig zu werden. Das hatte man sich anders vorgestellt. Warum hat er seine Anschläge ausgerechnet in Prenzlauer Berg begangen, rund um den bourgeois-berüchtigten Kollwitzplatz? Der Mordbrenner sagt: Das war halt sein Zustellbezirk. Warum hat er Kinderwagen angezündet, ob es da nicht eine natürliche Hemmschwelle gebe? Das war halt das Einzige, was da herumstand. Er habe, sagt er, in der Haft lange nachgedacht, warum er das eigentlich getan habe. Er könne es sich selbst nicht erklären. Und das mit dem Schwabenhass, was die Zeitungen geschrieben hätten: »Das kann ick ooch verneinen.« Das sei völliger Schwachsinn.

Puh. Und nun? Nun sitzen wir noch ein paar ermittelnde Polizisten ab. Dann fahren wir heim. Zur nächsten Sitzung schicke ich meine Assistentin los. Soll die doch aufschreiben, was da noch verhandelt wird über Maik D.: Der Vater Alkoholiker. Die Mutter in einer neuen Beziehung. Zwei behinderte Kinder im Haushalt. Die Mutter überfordert. Eines der behinderten Kinder eines Tages tot. Die Mutter hat es mit heißem Wasser zu Tode verbrüht. Riesen-Medienaufstand damals, der kleine Maik mittendrin. Sieht das tote Stiefgeschwister. Kommt ins Kinderheim. Deine Mutter ist eine Mörderin. Der Alkoholikervater holt ihn raus … und immer so weiter. Der Richter anerkennt: »Eine derart schwierige, ja, schreckliche Jugend, muss man schon sagen, das erlebt man selten.« Trotzdem versteht keiner richtig, warum man dann Kinderwagen anzünden geht. »Sozialen Selbstmord« schlägt die Gutachterin vor. »Diffusen Sozialneid« ergänzt der Staatsanwalt. Maik D. bekommt fünf Jahre und neun Monate Haft. Seine weitere Zukunft wird wohl nicht mehr gemeldet werden.

Jason Statham wird mich retten müssen

Wie eine geheimnisvolle E-Mail einen jungen Polizisten die Karriere kostete

Es sieht nicht gut aus für Nils Poelchau. Klein, optisch studentisch und mit verfrühten Schneisen im Haar wedelt der 26-Jährige in den Gerichtssaal, angespannt, die Deckung oben. Nicht unsympathisch auf den ersten Blick. Das soll ein Bulle sein?

Sie verzeihen, liebe Leser, den Ausdruck. Aber wir haben schon so viele Polizisten hier vor Gericht auftreten sehen, junge Kollegen von der Straße zumal. Und sie hatten meist diesen kernigen Körperbau. Diese kurzgestoppelten Haare. Das straffe Wesen. Einer von ihnen, ein Schrank von Mensch, ist einmal zur Zeugenaussage im gelben Freizeithemd über dem Torso erschienen, Motiv darauf: riesiger Totenschädel, Unterzeile: »YAKUZA«. Wir wollen ihm und seinen Kollegen gar nichts Schlechtes nachsagen. Aber mit ihnen zusammenarbeiten wollen, Tag für Tag, wenn wir so wirken würden wie Poelchau, klein und romantisch, das würden wir nicht. Dass er aber ein Romantiker sein muss, das schält sich schon in den ersten Prozessminuten für uns heraus. Wir erkennen einen, wenn wir einen sehen.

Tragen wir doch mal zusammen, was es über ihn hier zu erfahren gibt: Nils Poelchau, Mitglied einer Berliner Einsatzhundertschaft, hat ein Kaninchen zu Hause. Er ist von seiner Freundin Knall auf Fall verlassen worden. Hat noch lange Zeit später ihren Namen, Juliane, als Passwort benutzt. Er hat einen E-Mail-Account nach dem Actionfilm-Akteur Jason Statham benannt. Hat Juliane und anderen Personen, die nach einigem menschlichen Kuddelmuddel aus seinem Leben verschwunden sind, mit Hilfe der polizeilichen Datenbank nachzuspüren versucht. Er war an dem Abend, bevor die zerstörerische E-Mail auf die Reise ging, auf einem Placebo-Konzert.

Und nun urteilen Sie selbst, liebe Leser: Sieht so nicht ein Romantiker aus? Bullen, so denken wir uns das, gehen vielleicht zu Rammstein, Manowar oder Andrea Berg. Nils Poelchau hingegen war mit Anika, seiner neuen Freundin, im Placebo-Konzert. Kam nachts um eins nach Hause. Verließ morgens um halb acht herum das Haus, die Freundin, das Kaninchen. Begab sich mit seiner Fahrgemeinschaft zum Dienstort. Um 7.38 Uhr aber – und woher kam sie? – ist die E-Mail, die Poelchaus Existenz in Trümmer legen sollte, bei ihren Empfängern eingegangen, dem Hausbesetzerkollektiv der Brunnenstraße 183 in Berlin-Mitte.

»Liebe Mitbewohner«, schrieb da jemand, der sich nach dem Actionfilm-Akteur Jason Statham benannt hatte, »morgen wird euer Haus gegen 18 Uhr geräumt. Das ist kein Scherz! Ich bin Polizist und habe von der Räumung erfahren.« Mit solidarischen Grüßen. Die Hausbesetzer dachten sich nicht so viel dabei. Die bekamen öfter mal Warn-E-Mails, Warn-SMS, Warnanrufe. Das System halt. Das sie destabilisieren wollte. Der Witz war nur diesmal: Am nächsten Tag fand wirklich die Räumung statt, die Brunnenstraße war in funkelndes Blaulicht getaucht, grüne Wannen verstopften alles, Hunderte Polizisten waren im Einsatz, ab 14 Uhr schon. Was die Einheit von Nils

Poelchau nicht wissen konnte. Denn die griff, plangemäß, voraussagegemäß, erst um 18 Uhr ins Geschehen ein.

Und nun sitzt Nils da. Die E-Mail, sagen die Ermittler, ist von seinem GMX-Konto gekommen. Sein Rechner, sagen die Ermittler, ist zur fraglichen Morgenzeit eingeschaltet gewesen. Von der E-Mail selber keine Spur. Aber diese Spur gäbe es auch gar nicht, wenn sie direkt vom Internetserver versandt worden ist. Nils Poelchau räumt die polizeilichen Kavaliersdelikte ein: Dass er übers interne System nach verschiedenen Personen recherchiert hat. Was die schicksalhafte E-Mail aber angeht, da blickt er höchstens scheu auf die rappeldicke Pressepräsenz in diesem kleinen Gerichtsraum. Und duckt sich weg. Seine Anwältin jedoch, stehend fixiert sie die Zuschauerreihen und sie sagt, unfassbar: »Ich möchte nur für die Pressevertreter sagen, dass Herr Poelchau diese Tat nicht begangen hat und wir so auch verhandeln werden.«

Der saß. Wie, nicht begangen? Wer soll die denn sonst begangen haben? Das zu ermitteln, da sieht die Anwältin sich nicht in der Pflicht. Für ihren Mandanten aber kämpft sie mit Klauen und Zähnen. Zwei Verhandlungstage lang wird sie jeden einzelnen Ermittlungsschritt torpedieren, wird Schlampereien nahelegen, wird den ermittelnden Beamten stupende Ahnungslosigkeit in Fragen der elektronischen Datenübertragung anzuhängen verstehen, wird die anwesende Presse durch die Blume der Zeugenbefragung hindurch unablässig zu füttern versuchen (»Haben Sie schon einmal vom Phänomen des Identitätsdiebstahls im Internet gehört?« – »Warum wurde nicht das Postfach beim Provider des Empfängers beschlagnahmt?« – »Halten Sie ›Juliane‹, den Namen der

Exfreundin, für ein sicheres Passwort?« – »Können Sie ausschließen, dass die E-Mail durch einen Unbekannten verschickt wurde?« – …), wird eine staunenswerte Pyrotechnik aus Hashwerten, HTTPS-Links, Header-Dateien, »Chain of Custody« und der BSI-Richtlinie zur IT-Forensik zünden, dass der Staatsanwalt die Augen verdreht; sie wird zielsicher auf einen großen fünfzehnpunktigen Abschlussvortrag hinsteuern, der überall, wo im Reiche der Datenübertragung Zweifel erdenklich anbringbar sind, Zweifel antackert, sie wird eine Ermittlungsakte zerlöchert und durchsiebt zu Boden sinken lassen, in der letztlich nicht einmal die E-Mail als Tatobjekt zweifelsfrei übrigbleiben will, da das Fax nirgends auffindbar ist, mit dem angeblich Vodafone Poelchaus IP-Adresse als Versandadresse der E-Mail bestätigt hat; und die Verteidigerin wird, das Bewundernswerteste von allem, zwei Verhandlungstage lang die ernsthafteste Miene aufrechterhalten; die Miene einer Frau auf einer nahezu aussichtslosen, doch gerechten Mission. Und man wird im Publikum sitzen und sich fragen: Wie kommt der Staatsanwalt aus der Nummer jetzt bloß wieder raus?

Und genervt steht er auf. Wie will er sich positionieren, wo Deckung suchen im Trommelfeuer des Zweifels? Er tut, was ein Mann tun muss: Er fasst sich kurz. Es sei, sagt er, um der Theorie der Verteidigung folgen zu können, eine groß angelegte Verschwörung vonnöten. Da müssten dann schon der Mossad, der KGB, die CIA, Vodafone und GMX zusammengearbeitet haben, alles nur, um dem Angeklagten eine E-Mail anzuhängen, die dann eher zufällig zu einem Ermittlungsverfahren geführt hat. Und da will es wie ein Nebel von uns weichen: Wer um

Himmels willen soll denn überhaupt ein Motiv gehabt haben, unter Aufbietung diffizilster technischer Kenntnisse und ungemein diabolisch, die Mail von Poelchaus Konto zu versenden? Der Angeklagte selbst hat niemanden anbieten können. Wäre dies ein Actionfilm, so hätte es die Verschwörung gegen den Helden vielleicht sogar wirklich gegeben, und unnachsichtig könnte der sich nun zur Wahrheit durchballern. Herr Poelchau bleibt nur der Weg durch die Instanzen. Heute wird er zu einer Strafe von 160 Tagessätzen verknackt. Still und zusammengesunken sitzt er da, ebenso seine tapfere Verteidigerin, wie Kinder, die nach langem Leugnen ausgeschimpft werden.

Er ist es gewesen! Will man meinen. Aber warum? Die Frage bleibt Gesprächsstoff für viele angeregte Kaffeerunden. Unsere liebste Hypothese: Placebo war schuld. Placebo in Berlin, lärmender Weltschmerz für die geschlechtlich Verwirrten, ein Hormon-Überausstoß bei hundert Dezibel, eine kurze Nacht, ein Anfall von Heroismus, und als pikantes Detail vielleicht noch eine hübsche, junge Hausbesetzerin, die zu warnen der eigentliche Anlass der Mail gewesen ist … Man muss schon recht scharfsinnig sein, um diesem Fall auf die Schliche zu kommen – und sehr, sehr romantisch.

Der Irre aus dem 6. Stock

Wie ein Paketbote einmal spielende Kinder bombardierte

Die Post stellt täglich, sagt sie, 66 Millionen Briefe zu. Wer regelmäßig an seinen Briefkasten geht, weiß das: Rechnungen kommen dort an, Werbung für neue tolle Immobilienfonds von der Bank, Rundbriefe vom Fußballverein oder auch mal eine Postkarte von den Färöer Inseln. Diese Freude! 66-millionenfach täglich liefert die Post derlei aus, und sie ist besonders stolz darauf, dass kaum eine dieser unverzichtbaren Mitteilungen mal länger als einen Werktag unterwegs ist: Wie hätte man sich sonst verzehrt vor Spannung. Bei 95 Prozent aller Briefsendungen, sagt die Post, glückt dieses ehrgeizige Unterfangen, man liege damit auch im internationalen Vergleich sehr weit vorn. Brieflaufzeiten, prozentual aufgeschlüsselt, sind ein Leuchtturm der Orientierung im Reich der Kommunikationslogistik, sie sind unabdingbar, wie es Einschaltquoten für öffentlich-rechtliche Intendanten sind oder wöchentliche Politbarometer für den Wähler: Es steckt, wenn man nur fest daran glaubt, so viel Wahrheit in ihnen.

Damit die Briefpost auch in Zukunft mit E-Mail, Fax und Telefon konkurrieren kann, darum sind Briefe überwiegend nachtaktiv: An ihren Inhalten ist über Tage herumüberlegt worden, die Werbeflyer, die sie enthalten, sind grafisch über Wochen gestaltet, verworfen, und dann, nur unbedeutend hässlicher, noch mal neu gestaltet worden, die Briefe haben Aberstunden im Postausgang, im

Briefkasten oder sogar in einer der letzten verbliebenen Postfilialen verbracht (das Filialnetz soll ja derzeit ungefähr wieder den Stand von 1680 erreicht haben) – sobald die Nacht anbricht, geht es aber mächtig los mit dem Brief: Wenn er Glück hat, wird er sogar in ein Flugzeug geladen, damit seine bedeutende Botschaft am nächsten Tag die noch müden Empfängeraugen aufreißen kann; früher wäre er im Zug in einem speziellen Postwaggon gefahren und wäre dort dann, auf der Fahrt noch, sortiert worden. Heute rumpelt er, aller Wahrscheinlichkeit nach, in einem Lastwagen durch die gesamte Republik, von einem Briefzentrum zum nächsten, Hunderte von Kilometern, hurtig, hurtig hin zu den Menschen in den anderen Gefilden, deren Leben durch den Inhalt des Briefes verändert und erhellt werden könnten – wer weiß.

Der unbesungene Held hinter all den dringlichen Mitteilungen ist dabei natürlich der Lastwagenfahrer, der Nachfahre tutender Postillone, galoppierender Boten, herumreisender Metzger mit Zustellverpflichtung. Ihm ist die Nachricht anvertraut worden, jetzt rollt er mit ihr durch die Nacht: Weiter nichts gelernt und einen Haufen Vorstrafen im Gepäck, sitzt er hinterm Lenkrad und kann froh sein, dass ihm überhaupt noch jemand einen Job gibt. Schauen wir doch nur mal zu den privaten Paketdiensten hin, zu deren Subunternehmern von Subunternehmern, die auf eigene Rechnung Wagen anschaffen und Benzin bezahlen müssen, und die 50 Cent pro ausgeliefertem Paket ausgezahlt bekommen … Dagegen geht es unserem Brieftransporteur doch noch gut. Im großen Schwung lässt er sich den Lkw beladen, selten einmal muss er halten, in einem anderen, weit entfernten Briefzentrum: 1.250 Kilometer, sagt er vor Gericht, fährt er, wenn er dran ist, durch die Nacht. Abends um sieben fährt er los, morgens um neun ist er wieder zu Hause, und wenn er mal kurz Pause hat, fälscht er seine Lenkzeitblätter. Denn anders geht es ja gar nicht: Wenn er sich nun noch an die gesetzlich vorgeschriebenen Pausen hielte, wie sollten dann die Menschen an ihre geliebten Briefe kommen?

Christian Krienz heißt er, ist 29 Jahre alt, vielleicht nicht der Gesprächigsten einer und von eher dickfelliger Sorte, Geheimratsecken zieren ihn. Ohne optisch aufzufallen, könnte er im Bühnenhintergrund irgendeiner Hamburger Schrammelpopkapelle am Bass zupfen, mühelos aber integriert er sich auch in die Wohngegend, in der er lebt. Es ist einer jener Berliner Ortsteile weit draußen, wo die Stadt schon längst zu Ende sein sollte und aber unentschlossen noch ein paar Meilen weitergeht mit langen, langen Straßen, hässlichen, hässlichen Platten, und wo man dann, wenn man nur noch ein bisschen durchhielte, auf das Gelände des Flughafens Schönefeld käme. In einer der Platten wohnt Christian Krienz, und da sich selbst hier noch fortgepflanzt wird, ist vor seiner Platte ein Kinderspielplatz angebracht worden. Christian Krienz kann nicht schlafen. Er hat schon seit zwei Tagen nicht mehr geschlafen. Die Nacht über herumzufahren ist ja das Eine. Aber dann soll man auch noch, nach gehabter 14-Stunden-Tour, in den Schlaf finden. Christian ist am Morgen angekommen in der Platte. Mittags hat er zwei Bier getrunken. Hat versucht, abzuschalten. Hat versucht, den Druck zu vergessen. Jetzt wäre so seine Schlafenszeit. Die Welt sieht das anders: Sechs Stockwerke weiter unten spielen die Kinder. Christian Krienz kennt sich aus mit denen. Er hat alles schon durchprobiert, hat von oben heruntergeschrien, hat die Polizei angerufen: Die sagen nur, er könne ja selber mal auf dem Spielplatz vorstellig werden. Christian Krienz will schlafen. Unten fällt ein Kind vom Klettergerüst. Jetzt brüllt es los. Was Christian Krienz nun durch den Kopf geht, können und wollen wir nicht rekonstruieren. Klar ist: Der Postausfahrer will jetzt zur Abwechslung eine eigene Nachricht übermitteln.

Er geht zum Schrank, in dem er ein paar Polenböller aufbewahrt: Gehörig verbotene Silvesterkracher. Er nimmt einen davon, öffnet sein Fenster. Schreit wieder etwas herunter, wohl mit »Schnauze« und »Gör«. Dann stellt er seine Nachricht zu. Sie fliegt und fällt, sie plumpst auf ein Stück Rasen fünf Meter vom Spielplatz entfernt – »Ich wollte niemanden verletzen«, wird Christian Krienz vor Gericht bekennen. Kurz glimmt die Lunte noch. Dann tut der Böller, was Böller tun. Davon werden die Kinder, die Eltern nicht leiser. Seine Nachricht aber hat er draußen, endlich mal, und schon vom nächsten Tag an wird er die Antworten bekommen: »Der Irre aus dem 6. Stock: Warum bewirft er Kinder mit Polenböllern?«, fragt der *Berliner Kurier.* »Wut-Exzess: Mann wirft Böller auf spielende Kinder«, analysiert die *B.Z.* Restdeutschland liest auf *welt.de:* »Übler Fall von Selbstjustiz in Berlin«. Und selbst Justitia ist geneigt, dieser Einschätzung zu folgen: Auf steht der junge schneidige Staatsanwalt für sein Plädoyer, er hat noch einiges vor, er wird sich nicht ewig mit solchen Fällen abgeben: Von Kindern ist bei ihm keine Rede. »Er nahm das Recht in seine eigene Hand«, tadelt er ernst, »und vertraute nicht mehr dem Staat.« Ganz als hätte er den Böllerwurf lieber den zuständigen Behörden überlassen sollen.

Christian Krienz nimmt alles hin. Hat eh nie etwas geleugnet. Hat seine übrigen Böller sofort abgegeben seinerzeit, hat den Beamten gestattet, seine Wohnung unter die Lupe zu nehmen. Viel Besonderes war da nicht zu finden gewesen. Jetzt kommt auch nichts Besonderes mehr. Drei Monate Haft werden dem Stoiker beschieden, obendrauf zu einer anderen Sache, die er noch abbüßen muss. Er begehrt nicht auf, beschwert sich nicht. Wird nur noch in einer Sache verhandeln: Den Haftantritt, den würde er gern ein paar Wochen verschieben. Sein Arbeitgeber braucht ihn nämlich dringend für das Weihnachtsgeschäft.

Die Kiste raubte mir zunächst den Verstand

Wie eine Frau aus der Provinz auf die älteste Lügengeschichte der Welt hereinfiel

Gute Geschichten sterben nie. Solange es Menschen gibt, haben sie die Langeweile und Bedrängtheit ihrer Existenz eintauschen mögen gegen das Abenteuer, gegen wilde Romantik und eine Hoffnung aufs Erlöstwerden. Die guten Geschichten haben sich davon genährt. Sie sind von einem Mund zum nächsten Ohr geflattert, sie haben, Moden folgend, ihre Gestalt angepasst, sind durch Jahrhunderte und über Kontinente geflogen, und wenn es den ersten Pionieren auf dem Mars zu langweilig wird, so werden sie sich einige Schoten um die Ohren zu hauen haben, die schon im Pleistozän nicht recht glaubhaft waren – und umso begieriger abgekauft wurden. Um wenigstens den Geist und die Fantasie für ein paar Momente oder neunzig Minuten über öden Trott erheben zu können oder die Wüste aus Angst, in der man sonst lebt.

Das Kriminalgericht in Moabit beehrt heute Frau Jessen aus Hohenlockstedt. Sie kennt sich hier nicht aus, sie hat die Berliner Gerichtserfahrung nicht, mit der die Zeugen und Beklagten sonst immer hereinschluffen, in Turnschuhen und mit verdrehten Mützen auf dem Kopf; Frau Jessen (45), Steuerfachangestellte gemäß eigener Auskunft, hat sich in ein ansehnliches, noch knapp seriöses Outfit gepackt und stöckelt nun in kreuzweisen Netzstrümpfen herein: Dabei ist sie ja sogar nur der Anklage Zeugin. Mitgeführt, wohl ganz von Hohenlockstedt, hat sie zwei nicht gar zu weltgewandt wirkende Herren, welche sich in die Publikumsbänke drücken, von wo sie dem Fortgang der Ereignisse zu folgen sich bemühen und ab und zu leise vor sich hin rumpumpeln. Hohenlockstedt übrigens, das wollen wir nicht zu bemerken vergessen, liegt zwischen Itzehoe und Kellinghusen, es entstand nach 1870 aus einem französischen Kriegsgefangenenlager, das die Preußen später auch gern als Militärschießplatz hernahmen, und noch die meisten Menschen, die das Schicksal dorthin verschlagen hat, sind dem Charme der umgebenden Heidelandschaft, ihrer Buchenbestände, Hochmoorreste und Hügelgräber erlegen – doch auch Sorgen kann man wälzen, irgendwie unnötigerweise in persönliche Finanzkrisen kann man geraten als Steuerfachfrau in Hohenlockstedt. Und wenn man dann noch beim Autoverkauf seine E-Mail dem Internet überlässt, dann kann alles sich ganz schnell noch wenden, zur Rettung hin vielleicht. Dann kann, aus jahrhundertealter Überlieferung heraus, eine Geschichte einen einfangen und umgarnen, die Rettung aus all dem dämlichen Unglück verspricht: Frau Jessen hat da damals diese Mail bekommen. Und klar, bei heutigem klaren Kopf, den sich Frau Jessen bescheinigt, da hätte sie vielleicht auch ein wenig mehr Skepsis zusammenraffen können. Diese Mail aber, sie sprach einfach zu verlockend zu ihr, und so lieblich und kräftig gewürzt war sie mit urbewährten Sinnenfreuden, dass zu widerstehen ihr, in Hohenlockstedt und der Schuldenfalle sitzend, einfach nicht möglich war.

Da war diese Kiste. Randvoll mit Geld. Im Irak. Sechzehn komma zwei Millionen US-Dollar. Und dreißig Prozent davon könnten ihr, Frau Jessen, zwischen Itzehoe und Kellinghusen, gehören. Wenn sie nur mithelfen würde, die Kiste der Verheißung aus dem Irak herauszuschaffen. Das könnte ja, so wird Frau Jessen sich nach kurzem Kopfrechnen gedacht haben, die Lösung ihrer Probleme sein! Und so ging sie, was nicht leichtfiel, nach erster Kontaktaufnahme in Vorleistung: Zahlte zunächst tausend zusammengekratzte Euro, um die Sache in Gang zu bringen. Musste dann noch, was kaum mehr zu bewältigen war, weitere 7.000 Euro sich erbetteln, für ein liebevoll gestaltetes und wirklich verblüffend offiziell aussehendes »Diplomatenzertifikat«. Sah sich beinahe schon im Besitz ihres rechtmäßigen Anteils an dem, nun ja, möglicherweise nicht gerade lupenrein sauberem Geld – und musste danach, und da brach dann einiges über der armen Frau Jessen zusammen, musste dann passen. Die nun erforderlichen 55.000 Euro, die der Kiste ein »Drogenfrei«- und ein »Terrorismusfrei«-Zertifikat eingebracht hätten, die konnte sie nun, auch beim besten Willen, nicht mehr aufbringen. Da konnte auch eine Fahrt nach Berlin nicht helfen, ein Treffen in einem Hotel, mit diesem Captain Dave Jones, der ihr klarzumachen versuchte, dass sie nicht mehr aussteigen könne, das Militär sei verwickelt, ihr Leben nun in Gefahr, wenn sie das Unternehmen gefährde. Aber das tat sie. Brach den Verlauf der wunderhübsch begonnenen Schatzsage ab, wie sie in den ausgefeiltesten Varianten überliefert ist, mit einer prachtvollen Blütezeit im 19. Jahrhundert: Damals war die Schatzkiste noch belebt, in Form einer hochrangigen Tochter edlen Geblüts, welche nicht im Irak, sondern in Spanien gefangen sei, und deren Rückkunft zu finanzieren einem teuer und lieb entlohnt werden würde: Zunächst galt es,

Gefängniswärter zu bestechen, und war das erledigt, so taten sich nach zwei Wochen die nächsten Hindernisse auf: Ein Schiffstransfer war zu bezahlen, vielleicht noch ein spanischer Spion vom Hals zu schaffen, und so wurde die Zahlsumme immer teurer und wurden Spannung und Zweifel immer kostbarer, bis, im rundesten Fall der Überlieferung, im Augenblick des Kennenlernens schon gedungene Scheinmörder, den romantisch-dramatischen Bedürfnissen der Zeit folgend, alles soeben Gewonnene wieder zunichte machten, und der Ausgenommene, um nicht in den Mordfall verwickelt zu werden, schnell zu verschwinden hatte vom Ort des großen Finales.

Zum Leben erwacht, wenn man der Überlieferung glauben darf, ist diese Art des interaktiven Erlebnistheaters bereits im 16. Jahrhundert. Damals sollen, nach der Seeschlacht mit der Armada 1588, verschiedene wohlhabende Engländer auf diese Weise ausgenommen worden sein: Ein englischer Edelmann, dessen Identität geschützt werden müsse, sei in spanische Gefangenschaft geraten. Und wer ihm vermittels Geldtransfers zur Flucht verhelfe, der solle reich entlohnt werden. Die Geschichte vom »Spanischen Gefangenen« erwies sich als erfolgreich, sie wurde immer wieder gern genommen. Sie hat uns seither, und da müssen wir Generationen von Gerngläubigen danken, nicht mehr verlassen. Im 19. Jahrhundert kam sie zu großer Blüte, bis ins frühe 20. hinein, die Welt der Kultur hat sie immer wieder freigiebig befruchtet: Man denke nur an den immerjungen *Clou*, in dem Robert Redford und Paul Newman noch den ausgekochtesten Ganoven an seiner Gier packen und ausnehmen, um sich dann, darin ganz Kinder der Erzähltradition, final und sehr überzeugend erschießen zu lassen. Oder man denke, für einen Augenblick, an die vielen, vielen Mails, die man selber schon, ohne auch nur über die Betreffzeile hinwegzukommen, einfach gelöscht hat: Wahre Perlen finden sich darin, immer neue, immer weiter aktualisierte, immer herzzerreißendere Varianten der Mär vom Spanischen Gefangenen. Von Lagos aus in Nigeria treten sie ihre Reise um die Erde an, und oft sind es Erzähler von reinstem Schrot und Korn, die ihre Geschichten an den Mann oder die Frau in der reichen und offenbar hoch naiven Westwelt bringen. Mal ist es das Vermögen eines Verstorbenen, das an irgendeine korrupte Staatskasse zu fallen droht, wenn es nicht fix außer Landes geschafft wird, mal ist es die Kiste voller Geld, die dem Zugriff Saddams entzogen und vergraben wurde, mal sind es ganz offen illegale Prisen, über die Soldaten im Irak gestolpert sind: Immer wieder entzückt die fein spinnende Erzählfreude, mit der der Empfänger zum Komplizen einer schmutzigen, doch so verlockenden Tat gemacht werden soll. In diesem Fall Frau Jessen. Als es an die Beurteilung ihres Tuns geht, ist die anwesende Justiz eher nachsichtig, niemand mag aussprechen, was ohnehin schon im Raum hängt: Doch nicht völlig unberechtigt erklärt der Verteidiger des Herrn N'Kono (34), aus Kamerun gebürtig, dass die Rechtsprechung sich mit dieser Art der Geldgewinnung, die Nigerias drittgrößte Devisenquelle nach Öl und Kakao sein soll, lange Zeit schwer getan habe: Ab einem bestimmten Grad an Leichtgläubigkeit (um sie höflich zu benennen) falle es eben schwer, eine Tat noch als Betrug anzusehen.

Entsprechend milde bleibt auch das Urteil: Herr N'Kono kann gehen, er bekommt ein Jahr auf Bewährung, was soll man auch tun, er ist nur ein kleiner Handlanger, ein Außenposten im großen Getriebe der nigerianischen Erfolgsgeschichte, die im Jahr Hunderte Millionen weltweit einspielen soll. Frau Jessens Begleiter, die Herren in den hinteren Bänken, haben dazu auch so ihre dezidierte Meinung: Man solle, so brubbelt es aus dem einen sinngemäß hervor, diesen Ausländern, die bei uns zu Gast seien und dann straffällig würden, denen solle man Brandzeichen verpassen und sie außer Landes befördern. Dann brauche man beim versuchten Wiedereintritt keine Ausweise zu kontrollieren, sondern eben nur, und zwar im Sitzflächenbereich, die Brandzeichen. Mit diesen Worten lassen wir ihn gern wieder fahren, und die Frau Jessen in ihren Netzstrümpfen gleich mit, heim nach Hohenlockstedt, wo all die Zeitungen wohl nicht erscheinen, in denen seit Jahren vom nigerianischen Mailbetrug berichtet wird und in denen sogar die Nationalbank Nigerias sich veranlasst gesehen hat, große Anzeigen zu schalten: Im verzweifelten Versuch, den reichen Westmenschen ihre, nun, sagen wir einmal, Naivität auszutreiben. Denn die Gier kriegt man ja eh nicht heraus aus den Menschen.

Der Tod ist mit den Sorglosen

Wie seine Kopfhörer einen jungen Mann das Leben kosteten

Steven ist tot. Er wurde siebzehn Jahre alt. Zerquetscht und verdreht lag er auf dem Asphalt, die Musik aus seinen Kopfhörern spielte noch laut. Sie war gut zu hören, als der rückwärtsfahrende Müllwagen seine Fahrt dann doch noch bremste, weil Stevens mitgeschleifter Körper urplötzlich vorn unter dem Wagen aufgetaucht war, sie war zu hören, als der weißhaarige Müllwagenfahrer bestürzt aus der Kabine gelaufen kam, als die herbeigeeilte Passantin Stevens sterbenden Körper ansah und auf den ersten Blick, bevor die Weinkrämpfe sie überfielen, erkannte: Dass man ihm wohl nicht mehr helfen könne. Die Musik spielte immer noch gut hörbar, als Polizei und die Feuerwehr kamen, als der Körper, der Stevens gewesen war, abtransportiert wurde. Steven verließ diese Welt. Seine Musik blieb noch ein Weilchen. Sie hatte ihn getötet.

Aber hatte sie? Steven ist tot. Seine Mutter, eine einfache, rundliche Frau, ist an einer Gehhilfe in den Gerichtssaal gestakst, jetzt sieht sie mit rotgeweinten Augen die drei Männer an, die ihren Jungen mit ihrem 25-Tonner überrollt haben. Einer von denen ist überhaupt angeklagt, die anderen beiden drücken ihre Hintern je ein paar Minuten in den Zeugenstuhl. Wer ist schuld an Stevens Tod?

Er verlor sein Leben am 21. Juni 2012 im Spieroweg in Berlin-Staaken, einer stillen Sackgasse, auf der am Tag eine Handvoll Autos fährt. Wo Steven herkam, wo er hin wollte, was in ihm vor sich ging, wir wissen es nicht, und auch das Gericht wird einen Deibel tun, das herausbekommen zu wollen. Das Gericht ermittelt die Schuld aller anteilig Schuldigen. Und nennt allen voran Steven selber: Es sei zwar nicht verboten, sich mit Ohrhörern durch den Straßenverkehr zu bewegen, sagt der Richter, aber dennoch habe der Fußgänger auf Fahrzeuge zu achten, das sei ständige Rechtsprechung. Der große Müllwagen hatte seine Tour im Spieroweg erledigt, rückwärts fuhr er die Sackgasse retour, weil man dort am Ende nicht wenden kann. Wie immer, wenn er rückwärts fuhr, gab der Müllwagen einen lauten Signalton von sich. Erst fuhr er mit bis zu zehn Stundenkilometern, das weiß der Fahrtenschreiber, dann ging Herr Schumann auf vier Stundenkilometer herunter, weil ein Ehepaar aus einem Garten noch einen schönen Tag wünschen wollte und weil es zudem ein auffällig lackiertes rotes Auto mit Riesenreifen am Straßenrand zu bewundern gab. Und dann sah man ja noch die parallel marschierende junge Frau auf dem unbefestigten Seitensand, die gleich ein Portemonnaie auf der Fahrbahn erspähen würde, dann einen Schuh und schließlich dieses große Bündel, das sie zunächst für einen Müllsack hielt, welcher vom Wagen gefallen war. Die drei Herren waren also hinlänglich beschäftigt. Zwei von ihnen hätten nach hinten absichern sollen. Dennoch, sagt der Richter: »Wenn man diesen Lkw nicht sieht, dann hat man einen groben Fehler gemacht.«

Steven jedenfalls, wieso auch immer er auf der Fahrbahn gestanden haben oder gegangen sein mag, den Blick in eine andere Richtung – Steven wurde von den rückwärtigen Tonnenaufnehmern an der linken Schulter gerammt, der Wagen war nun schon wieder schneller, so schnell, dass er ihn zu Boden warf, Steven geriet unter die Tonnenaufnehmer, seine Kleidung verfing sich, niemand sah ihn, der Wagen fuhr weiter, immer weiter, fuhr an einem Grundstück vorbei, am nächsten … nachgemessene 38 Meter. Dann war sie erst einmal vorbei, die Ruhe im Spieroweg.

Drei Männer haben Steven auf dem Gewissen oder sollten es doch. Der Fahrer des Wagens, Claus Schumann, 62 Jahre alt, weiße Haare, Ohrring, diskothekentauglicher Ziegenbart, er lebt immer noch, er hätte laut Anweisungen der BSR keinen Meter rückwärtsfahren dürfen ohne Einweiser. Aber da hätte er dann ja, sagt er, nicht nur drei, sondern vier Sachen beachten müssen! Rückspiegel hier, Rückspiegel dort, Rückwärtsmonitor – und dann den Kollegen. Trotzdem, sagt er, macht er sich den Vorwurf, dass er nicht jemanden rausgeschickt hat. Das Bild, sagt er, »wie die Person unter meinem Auto vorgekommen ist«, das verfolgt ihn heute noch. Ein paar Meter zu seiner Linken weint Stevens Mutter.

Dann ist da sein langjähriger Kollege, der Müllwerker Marzinek, 62 Jahre alt, im Job seit 1972, ein kleiner runder Walrossbart mit Stoppelschädel, der mühelos in jeder Untertan-Verfilmung eine Rolle als pittoresker Schutzmann bekommen würde. Auch er hat, wie Herr Schumann, von der BSR eine Unterweisung zum Rückwärtsfahren bekommen mit der ausdrücklichen Ansage: Keinen Meter rückwärts ohne Einweiser. Herr Marzinek, auf der Grundlage seiner Erfahrung, hat allerdings die Situation ebenfalls als unproblematisch eingeschätzt: Das ist ja eine ruhige, übersichtliche Straße, der Spieroweg in

Berlin-Staaken, eine Asphaltspur in der Mitte, Sandboden an den Rändern, drumherum ein paar Grundstücke mit Einfamilienhäusern drauf, die dann nordwärts nicht mehr weitergeht, weil sie auf den Bullengraben stößt, nur eine Fußgängerbrücke führt noch Richtung Louise-Schröder-Siedlung. Da ist richtig Sommer im Sommer, das ist wie auf dem Dorf, Herr Marzinek kann sich noch gut an zwei Schulmädchen erinnern, die man erst mal abgewartet hat, ehe es dann rückwärts ging, mit Warnblinker, Rundumleuchte, Signalton. Da war noch diese junge Fußgängerin, sie hielt ungefähr Schritt mit dem Wagen, da war das rote Showauto mit Riesenreifen, hier heute »Monstertruck« genannt, dann kam noch der Gruß von dem Garten-Ehepaar. Dann ging es wieder weiter. Und niemand hatte, in den Rückspiegeln nicht, im Monitor zur rückwärtigen Kamera nicht, und überhaupt nirgends den Jugendlichen bemerkt, der, seine Musik auf dem Ohr, vielleicht ja schräg über die Straße schlenderte. Geschlendert war.

Auch der Dritte auf dem Bock, der Müllwerker Danneberg, ein brummliger, lederhäutiger Schnauzbart, hat es nach eingehender Prüfung nicht für nötig befunden, im Spieroweg seiner Einweisungspflicht Genüge zu tun: »Sagen wir mal so«, sagt er, »ist ja keine Straße in dem Sinne, ist ja ’ne Sackgasse.« Und als der Richter ihn mit strenger Miene auf seine Unterweisung durch seinen Arbeitgeber aufmerksam macht und die ausdrückliche Verpflichtung, keinen Meter rückwärts ohne Einweiser zu fahren, da ein ähnlicher Unfall ja erst vor ein paar Jahren passiert sei – da, schwer in die Gewissensmangel genommen, spricht der Müllwerker Danneberg mit dem ihm eigenen, leicht beleidigten Unterton: »Sagen wir mal so: Das Auto ist ja eigentlich nicht zu übersehen. Wenn wir rückwärtsfahren, piept das auch.«

Der Tod lauert eben da, wo alle sorglos sind. Darauf wartet er nur. Er schiebt seine Todesmaschinen ganz ruhig über die staubigen, dörflichen Straßen, dort wo alles döst, und er bleibt ganz ruhig, der Tod. Er hat keine Eile. Er wird seinen Anteil bekommen.

Steven ist nicht mehr am Leben. Keine Strafe wird das jemals gutmachen können. Der Müllfahrer Claus Schumann wird 120 Tagessätze à 60 Euro zahlen müssen. Gleich nach dem Unfall hat er sich schon zurückstufen lassen auf Müllwerker, verliert dadurch 300 Euro im Monat. »Ich hatte nicht mehr das Verlangen«, sagt er, »den Wagen zu fahren.« Seine Therapeutin hat gesagt, er müsse das überwinden, er müsse wieder rauf auf den Wagen. Aber Claus Schumann ist sich da nicht so sicher.

Herr Plog verblasst

Wie einmal ein Heimbewohner zu wenig trank und zu viel um sich schlug

Die Einrichtung ist seit langem qualitätszertifiziert. Der Anwalt verliest es, denn die beklagte Pflegedienstleiterin kann sich ja nicht um alles kümmern, so wie sie auch nicht jeden Heimbewohner kennen und sehen kann. Dafür gibt es die Wohnbereichsleitung, und die hört vom Pflegepersonal, wenn etwas auffällig ist bei einem der Bewohner, aber bei Herrn Plog war ja bloß alles wie immer: Er schlug um sich, sobald jemand in seine Nähe kam, schlug bis der Arm brach, mit Gips dann schlug Herr Plog immer noch um sich, und vom Gips wollte man natürlich noch viel weniger getroffen werden. Die Einrichtung jedenfalls ist pflegezertifiziert, und das ist doch schon mal was wert, da kann die Pflegedokumentation so schlampig sein, wie sie will – das Qualitätszertifikat, es wackelt und weicht nicht, alles geht seinen Gang, alle Akten stehen am richtigen Ort, alle Heimbewohner liegen brav im richtigen Bett und haben eine Decke darüber, die hält sie warm.

Herr Plog wurde aus einem evangelischen Krankenhaus zur Pflege übernommen, er neigte zum Fallen. Mehrfach war der Unterarm gebrochen, erläutert die Pflegedienstleiterin, beginnenden Dekubitus wies Herr Plog auf sowie einen Dauerkatheter. Und für alle, die nie in der Altenpflege gearbeitet haben, wollen wir erläutern: Dauerkatheter ist ein Plastikschlauch, der durch den

Penis bis in die Blase geschoben wird, wo man ihn fixiert. Ein Dekubitus hingegen ist eine Stelle, da das Fleisch am lebendigen Körper abzufaulen beginnt und dabei Löcher hinterlässt, welche Einblicke in die Muskulatur und ins Körperinnere erlauben. Der Dekubitus springt auf, wo ein Mensch zu lange auf derselben Stelle liegt, und er hat die unangenehme Eigenschaft, immer größer zu werden.

Wo wir gerade beim Menschen sind: Der hat nicht nur Rechte, die sogenannten Menschenrechte, er hat auch Pflichten. In Pflegeheimen werden für gewöhnlich niedrige Anforderungen gestellt, eine Pflicht aber besteht immer: die zur Nahrungsaufnahme. Für die braucht man keinen Lebensmut, keine Umgangsformen, keinen funktionstüchtigen Körper. Gegessen wird. Im Juni 2003 kommt Herr Plog kurz ins Krankenhaus, wo man ihm eine Magensonde legt. Die kommt aber bald wieder weg, weil aus Herrn Plog Magensäure austritt, und zwar durch die Bauchdecke. Im Juli hält man wieder fest: schlechter Ernährungszustand. Grundsätzliche Abwehrhaltung. Schlechte Gesundheit. Am 13. August wird Herr Plog, so will es die Pflegedokumentation, am ganzen Körper gewaschen. Eine Rötung im Intimbereich ist nicht vermerkt. Kurz darauf bricht die Leiste auf, große Mengen Eiter strömen aus einem eurogroßen Loch. Hier muss sich ein Abszess über Wochen aufgebaut haben. Niemand hat es gemerkt. Herr Plog kommt ein letztes Mal ins Krankenhaus.

Die Hausärztin will sich nicht hervorheben – aber mehrfach in der Woche führt sie eine Visite im Pflegeheim durch. Das ist zwar ungewöhnlich, aber sie hat gesagt: »Wenn ihr mich braucht, bin ich da.« Sie visitiert immer gleich ein ganzes Altersheim, und wenn das Altersheim irgendwo eine Krankheitserscheinung aufweist, dann erfährt sie es von der Wohnbereichsleitung, denn das Altersheim selbst kann ja nicht sprechen. Über Herrn Plogs geröteten Intimbereich weiß sie nichts, der ist ihr nicht vorgestellt worden. Der hat nur im Pflegeüberleitungsbogen stattgefunden, zwischen Heim und Krankenhaus, aber den Pflegeüberleitungsbogen, sagt sie, den sieht wohl kein Arzt. Die Akten sind so umfangreich! Am 6. August 2003 hat Herr Plog noch zwölf Tage zu leben. Die Heimärztin hingegen kommt aus dem Urlaub wieder, und ihre Visite ist diese: Dass sie sich mit den befugten Stellen »verbal unterhält« über Herrn Plog. Der Staatsanwalt hält vor: Laut Krankenhausarzt war der Patient am 14. August in einem Zustand, als wäre er wochenlang vernachlässigt worden.

Und da ist er auch schon. Dicke Augenbrauen, erregbares Gesicht, mit gut geputzten Schuhen fliegt er herein: der Internist, der Leitende, der Mann, der die Anzeige erstattet hat. Tritt heute als Zeuge auf. »Bleiben Sie ruhig sitzen«, sagt der Richter dem Internisten, und schalumwunden schlägt der also die Beine übereinander und berichtet von der außergewöhnlichen Blässe des Herrn Plog, von seinem extremen Untergewicht, vom offenen Sitzbein, der Stelle an der Hand, vom durchgebrochenen Abszess im Bereich der linken Leiste. Der Internist ist nicht irgendwer, er kennt diese Zustände, er hat schon einen Essay im Spiegel darüber veröffentlicht (der übrigens, sagt er, viel Beachtung fand), er exklamiert: »Wenn Sie die Beine gesehen hätten! Der hatte kaum noch Muskulatur! Da war nur noch Bindehaut und Fettgewebe, der hätte gar nicht mehr stehen können!« Der Internist zeigt die Fotos vor, die er sofort anfertigen ließ, die Anwesenden sammeln sich, aus dem Pulk doziert es: »Sie sehen hier den Prozess am Hoden … An der Hand ist hier die Sehne sichtbar …« – kurz: Dem Internisten war schnell klar, dass er Anzeige erstatten würde, dass »jedes Maß an Zumutbarkeit überschritten war«. Gegen Anwürfe der Altenheimärztin weiß er sich zu verteidigen: »Dieser Prozess ist keine Bühne«, deklamiert er, »für mich nicht!« Und ab. Und draußen wartet das Fernsehen.

Jetzt erhebt sich eine resolute Dame. Bis hierhin hat sie auf der Seite des Staatsanwalts gesessen, hat alles gut mitverfolgt, dann und wann scharf den Kopf geschüttelt zu den Einlassungen der Beklagten, tuschelnd fragten die Beobachter sich, wer sie sei – vielleicht die Tochter des Herrn Plog? Sie ist die Gutachterin. Sie hat sich die Pflegedokumentation des Altenheims zur Brust genommen. Zwölfmal am Tag hätte Herr Plog umgelagert werden müssen – dokumentiert sind nur fünf bis neun Mal. 400 Milliliter Suppe am Tag – »Damit kann kein Mensch existieren.« Trinken hätte er auch müssen: 1.000 bis 1.200 Milliliter am Tag. Hat er? 1.000 Milliliter, das sind fünf Schnabelbecher. Die setzt man an am Bewohner – und braucht Geduld. Bis einer leer ist. Das ist schon schwer bei Patienten, die friedlich nuckeln, statt mit dem Gipsarm zuzuschlagen. Denn gefüttert und gelagert und gewaschen und umgezogen und medizinisch versorgt müssen die ja auch noch werden, die alten Herrschaften, 72 auf dieser Station. Da vergisst man manchmal vielleicht doch ein bisschen die Zufuhr des Herrn Plog, oder man vergisst den angeordneten Zinkpastenverband zu dokumentieren oder den täglichen Wechsel des Magensonden-Verbands, oder versehentlich schreibt man in die Wunddokumentation: »Druckstelle vom Gipsverband«. Obwohl das abgewetzte Fleisch zwischen den Fingern doch wohl eher vom Festklammern am Bettgitter rührt. Alles abzuzeichnen aber, vergisst man nicht. Da passt man auf. Das macht man durchaus auch mal im Voraus.

Im Großen und Ganzen geht also alles den Weg allen Papiers, so wie hier: Freispruch für die Pflegedienstleiterin. Freispruch für die Hausärztin. 25 Tagessätze à 50 Euro Strafe für die Wohnbereichsleiterin. Ein lindes Dahinschwinden für Herrn Plog: Keiner weiß mehr recht viel über ihn. Dafür ist die Fluktuation viel zu hoch. Heime soll er gehasst haben, so schnappt man auf. In einem Heim soll er schon aufgewachsen sein. Im Bleiwerk soll er malocht haben, bis der Körper hin war – daher wohl auch die weiße Haut. Angehörige gibt es keine. In ein paar Wochen wird sein Leistenbereich noch einmal kurz in der ARD auftauchen – ein rotes, rundes Loch –, dann verblasst Herr Plog ganz.

»Das ist so weit weg von meinem Leben«

Wie ein böser alter Mann mit Knüppel die Kinder erschreckt

Herr Graack sieht sich einer ganzen Menge Lügengeschichten gegenüber. Lügen, die über ihn verbreitet werden. In Mariendorf, wo er wohnt, da habe er seine Nachbarin, die alte Frau Vandenberg, in unflätigster Weise beschimpft. Auf einem Park+Ride-Parkplatz sei er mit einem Knüppel auf einen Parkenden losgegangen, er habe ihm und dem Auto gestisch mit Prügel gedroht. »Du bist tot!«, habe er geschrieen. »Deine Familie ist tot!« Und an einem anderen Ende der Stadt, in der Reinickendorfer Scharnweberstraße, treibt das Gerücht es am buntesten: Dort sei er, wieder mit diesem angeblichen Knüppel, sogar auf Kinder losgegangen! Herr Graack, 63 Jahre alt, groß und zottelig, zu den Vorwürfen befragt, erklärt dem Richter … Ja, was sagt er eigentlich? Der Richter bittet ihn, doch etwas lauter und verständlicher zu sprechen. Herr Graack also erhebt seine Stimme, in seiner Stimme, das weiß er, wohnt mit zunehmendem Alter eine natürliche Autorität, und damit rückt er die Dinge zurecht: Falsche Anschuldigungen sind das, Lügen sind das, ich habe keines dieser Worte gesprochen, wie soll man mit einem geschnitzten Stock jemand bedrohen? Das, sagt Herr Graack, ist nicht mein Stil.

Nun wird er allerdings einen ganzen großen Anmarsch an Zeugen auszuhalten haben, und immer wieder mal brummelt er seinen Unmut dazwischen, während die

Zeugen ihre Fantasmen verbreiten. Da sind zunächst die Nachbarinnen aus der Fritz-Werner-Straße: Was die über ihn erzählen! Dass er seit Jahren seinen Müll vom Balkon werfe. Dass er seinen Müll in öffentlichen Mülleimern entsorge. Dass er oft über den Balkon ins Haus gestiegen sei. Dass er seine Lebensgefährtin, Frau Schmidt, misshandle und vernachlässige. Dass man abends Angst habe nach Hause zu kommen, weil er sich plötzlich vor einem aufbauen und einen anbrüllen könne, dass die Birken sich schütteln in der Fritz-Werner-Straße. Ja, angeblich weigerten sich die Handwerker und die Reinemachefrauen sogar, das Haus zu betreten, weil es wegen Herrn Graacks Wohnung mittlerweile dort rieche wie in einer öffentlichen Toilette ... Bestätigen kann Herr Graack nur eines aus dem ganzen Wust: Dass seine Eltern aus Düsseldorf ihm diese Wohnung gekauft haben, damals, in den Achtzigern. Seitdem wohnt er da.

Herr Graack lässt das alles weitgehend gefasst über sich ergehen, auch die Zeugenaussagen zu dem Parkplatzvorfall sitzt er mit geschlossenen, leicht flimmernden Augenlidern aus, aber irgendwann ist es doch zu viel: »Mir ist übel«, sagt er mit der natürlich autoritären Stimme in den Gerichtssaal hinein, »das dauert hier sehr lange! Ich kann nicht mehr.« Worauf der Richter, ein jungenhafter, leiser Mensch von der Ausstrahlung des SPD-Gesundheitsexperten Lauterbach, in Verhandlungen eintritt: »Drei Zeugen noch«, sagt er, »in einer halben Stunde sind wir fertig – geht das?«

»Ja«, sagt da Herr Graack, »wenn ich eine Zigarette haben kann.« Daran hoffnungsvoll anknüpfend, fragt der Richter: »Meinen Sie, Sie können noch ein bisschen aushalten?« Und Herr Graack, der jetzt doch von einer großen Kraftlosigkeit überkommen wird, wiederholt: »Wenn ich eine Zigarette haben kann.« Lauterbach meldet darauf Bedenken an, ob ausgerechnet Nikotin nun guttue, spürt aber deutlich die granitene Entschlossenheit in Graacks Erschöpfung, und ordnet seufzend eine Sieben-Minuten-Pause an, als Herr Graack in den Saal fragt: »Hat denn jemand 'ne Zigarette für mich?« Da geht ein allgemeines Bedauern durch die Reihen, durch Verteidigung, Staatsanwaltschaft und Gericht, und ob und wie Herr Graack an seine Rauchware gelangt ist, entzieht sich des Berichterstatters Kenntnis, da er ja nun den Saal verlassen muss.

Mit Anstand bringt er seinen ersten Prozesstag zu Ende, doch wirklich danken tut es ihm späterhin niemand. Die Zeugenaussagen werden alle nicht günstiger für ihn. Die Reinickendorfer Mütter erzählen von einem wirren, hoch aggressiven Mann, der sich auf alle Mütter mit Kindern gestürzt habe, unverständliches Zeug brummelnd, schließlich massiv drohend mit vorwärts gerecktem, schwingendem Knüppel; Wochen später noch hätten die Kinder von dem Mann mit dem Knüppel gesprochen, und nicht verstanden hätten die, dass die Polizei ihn nicht mitgenommen, sondern nur die Personalien festgestellt habe. Herr Graack hört sich das alles kopfschüttelnd an, er muss das ja erdulden, er ist ja vor Gericht, aber das alles ist so …

»Bizarr!«, sagt Herr Graack. »Das ist so weit weg von meinem Leben.« In den Achtzigern, sagt er, ist er ein Jahr lang Hausaufgabenhilfe gewesen, im Waisenheim Friedenau, er hat doch nichts gegen Kinder! Er ist ein Philanthrop, versichert Herr Graack, und als solcher immer bemüht, Kindern einen Vorschuss entgegenzubringen. Und nun will er doch ein wenig klarstellen, wer das ist, über den hier gerichtet werden soll: In Düsseldorf ist Graack aufs Gymnasium gegangen, altsprachlicher Zweig, hat dann an der FU Berlin seinen Magister in Germanistik und Politikwissenschaft gemacht, aus der Dissertation ist dann allerdings nichts mehr geworden. 1976 musste er anfangen, Geld zu verdienen, aber mehr als ABM-Jobs waren das nie, seit Ende der Achtziger ist Herr Graack erwerbsunfähig. Und wohnt in der Berliner Wohnung, die seine Eltern für ihn gekauft haben. Womit er sich denn beschäftigt habe? Fragt einer der Richter. Herr Graack schreibt, er zeichnet, er liest. Ob er denn mal ausgestellt habe? Um 1980 herum, berichtet Herr Graack, hat er Versuche unternommen zu veröffentlichen, aber der eine Verlag wollte 2.000 DM haben, und für den anderen Verlag hätte er das ganze Manuskript noch mal in einen Computer eintippen müssen.

So weit, so verständig das Gericht. Der psychiatrische Gutachter allerdings scheint eher den ganzen Räuberpistolen zu glauben, ja, sogar er berichtet davon, von Herrn Graack angeschrieen worden zu sein, wirr, laut und bedrohlich. »Hätte ich einen Notfallknopf gehabt«, sagt er, »hätte ich ihn gedrückt.« Er tut alles, um Herrn Graack wie einen Irren erscheinen zu lassen. Seine Faszination für Nietzsches *Fröhliche Wissenschaft* wird gegen ihn ins Feld geführt, von »Größenwahn« ist die Rede, immer wieder wird auch seine Angewohnheit beargwöhnt, sich um die eigene Achse zu drehen: Zeugen haben berichtet, Herr Graack wolle damit böse Geister vertreiben, auch im Maßregelvollzug ist es beobachtet worden, und jetzt fragt der Gutachter, welchen Zweck diese Technik habe, die er von den Sufis, islamischen Mystikern, abgeschaut hat. Würdevoll sagt Herr Graack: »Da müssten Sie die Sufis fragen.« Der Gutachter hat nicht mal eine klare Diagnose: Alkoholiker sei Graack keiner, für eine paranoide Schizophrenie wirke er eher untypisch; denkbar seien noch Spätfolgen einer Syphilis aus dem Kamasutraseminar: Für diesen Fall gebe es aber kaum valide Daten, und eine Vorhersage des Krankheitsverlaufs sei nicht möglich. »Paranoid-dementiell anmutendes Syndrom« – Genaueres hat sie nicht anzubieten, die ernsthafte Wissenschaft.

Das alles ist dem Gericht zu wenig, um für Herrn Graack, der wegen mangelnder Schuldfähigkeit freigesprochen wird, eine Unterbringung anzuordnen. Nun kann er wieder nach Hause gehen, in die Fritz-Werner-Straße, in seine Eigentumswohnung, und wie es darin aussieht, und wie es da angeblich riecht, das wird weiterhin ganz allein seine Sache bleiben.

Er hat viel mit seiner Mutti telefoniert

Wie viele ältere Ostberliner Damen ihr Geld an einen äußerst netten Herrn verloren

Man ist sich uneins, ob der Angeklagte nun Horst oder Waldemar heißt. Horst, meint die Richterin, in den Unterlagen sei das überall sein Rufname, auch bei den anderen Prozessen. Waldemar, behauptet Waldemar, der vom Horst das hagere, leicht vertrocknete Äußere hat – und den flirtuösen, frechen und skrupellosen Waldemar aber sorgsam in seinem Inneren aufbewahrt, hegt und pflegt. Zusammen ergeben sie eine brisante Mischung.

Waldemar und Horst haben 29 ihrer 64 gemeinsamen Jahre im Gefängnis verbracht. Ausblick auf Besserung ist keine – wie wir zu behaupten wagen wollen. Horst-Waldemar ist in irgendeinem hinteren Winkel des märchenhaften Spreewaldes entstanden, kurz nach dem Krieg. Die Eltern hatten sich in den Haaren, die Mutter wandte sich anderen Männern zu. Der Vater war kein ganz glücklicher Mensch, der Krieg hatte ihn blind hinterlassen, den Blindenhund misshandelte er, bis man ihm den wieder wegnahm. Eine Sache gab es aber, die ihn in ihren Bann zog, das war das Spiel. Und um spielen zu können mit den anderen Männern im Spreewaldschatten, als Blinder, da half einem kein Hund. Da wurde der kleine Waldemar mitgenommen, er saß und drosch mit den Männern, statt in die Schule zu gehen, und assistierte dem Vater, bis das Geld alle war. Als er vierzehn war, brach er mit ihm. Mit der Mutter hatte er schon ein, zwei Jahre vorher gebrochen. Und wie es so ist im Leben: Die Hölle, die wir mit vierzehn kennen, wird uns nie mehr verlassen. Waldemar zog in die große Welt hinaus, bei der Oma war es immerhin besser als im Kinderheim, in der Volksmarine kam er nicht gut zurecht und wurde unehrenhaft entlassen. So stand er wieder ganz am Anfang und wusste nicht von was. Waldemar wurde, was sein Vater war: ein Spieler. Und da ein Spieler immer weiterspielen muss: ein Verlierer. Denen er aber Geld schuldete, waren nicht die Friedliebendsten unter der Sonne.

Wir wollen diesen Mann nicht freisprechen. Doch jede Lebensgeschichte ist ein Entwurf von fremder Hand. Daher bleiben wir bei »Horst«. Horst steht jetzt an einer Straßenecke, es ist der Mai 2011, vor kurzem noch hat er gesessen, jetzt ist er das, was man bei oberflächlicher Betrachtung einen freien Mann nennen könnte. Dieser freie Mann ist aus der Sicherungsverwahrung direkt in die nächste Spielbank gelaufen. Um zuzugucken, sagt er. Hat er zugeguckt. Hat er Bekannte getroffen. Eines fügte sich zum anderen, wie es vorherbestimmt ist seit Spreewaldtagen. Jetzt braucht Horst dringend Geld. Seine Gläubiger verstehen keinen Spaß. Und Horst tut, was er immer tat, wenn ein Lebensunterhalt zu verdienen war: Er spricht Frauen an. Frauen anzusprechen, das ist sein großes Talent, klug schickt der kesse Waldemar den seriösen Horst vor, und dann geht eigentlich alles ganz einfach. Die Frauen haben ein Herz, und Herz ist Geld, und selbst im Gefängnis hat Horst eine Frau gehabt, die ihm monatlich 1.500 Euro brachte. Damit er was zu spielen hatte. Und einer Justizbeamtin hat er ein Kind gemacht, seine Tochter, die jetzt eine junge Frau sein müsste.

Horst spezialisiert sich auf ältere Damen. Die spricht er auf dem Alex an, oder auf der Karl-Marx-Allee. Oder er kommt nach dem Gottesdienst mit ihnen ins Gespräch. In jedem Fall bringt er Abwechslung in den Lebensherbst: Gibt sich als Mann von der Rentenversicherung zu erkennen, der mit der frohen Botschaft einer Rückzahlung kommt. Oder er ist Polizist, der einen Fall aufzuklären hat, und lässt sich zur Spurensicherung die EC-Karte aushändigen. Oder er horcht eine Reisegruppe aus Leipzig aus, die von einer solventen Dame zu berichten weiß: 100.000 Euro habe die auf dem Konto, und spendabel sei sie, in kirchlichen Dingen. In solch einem Fall begibt sich Horst auch auf Reisen. Bei der solventen Christin aber klingelt es an der Tür, und es ist ein hagerer, aufmerksamer Pfarrer, der ihr als Erstes eine Jesusfigur schenkt. Um bei späterer Gelegenheit zu berichten: Seiner Diakonie sei das Auto kaputtgegangen, 15.000 Euro bräuchte man nun. Die Christin weiß Rat, und weil Horst so nett ist, legt sie spontan noch 5.000 Euro oben drauf. Eine der Frauen gibt der Polizei zu Protokoll: »Dass er mich so belogen hat, darüber könnte ich hinwegsehen. Schließlich war er so nett zu mir.«

Bringt er bei welkenden Damen das Blut noch einmal in Wallung, so löst Horst im Gerichtssaal eine gewisse Müdigkeit aus. Vor wenigen Monaten erst ist er hier zu seiner aktuellen Haftstrafe verurteilt worden, wegen acht baugleicher Taten aus demselben Zeitraum, Mai 2011 bis Februar 2012. Warum hat man da nicht alles gleich in einem Aufwasch abhandeln können? Horst zeigt sich unzufrieden. Das sieht ja aus, moniert er, als ob die Staatsanwaltschaft keine Arbeit hat! Die Richterin gibt ihm in der Sache recht. Und wickelt das Verfahren rasch ab. Den alten Damen hat man zu kommen erspart, da Horst ja auch geständig ist. Die neuen Fälle referiert er kurz selbst (»Die hab ich nach der Kirche kennengelernt. Hab ihr gesagt, was sie für 'ne hübsche Frau ist. Isse drauf reingefallen.«), auch die Frage nach der Vereinbarkeit seines Gelderwerbs mit seinem Glauben hat er für sich gelöst: »Ja, Glaube ist nicht immer Glaube«, sagt er dem Staatsanwalt. »Ich habe so viele Spielschulden, da ist mir mein Leben lieber, als dass ich mich totschlagen lasse.«

Damit die Schöffen angemessen ins Bild gesetzt sind, nimmt es die matte Richterin auf sich, aus den polizeilichen Zeugenvernehmungen vorzulesen. Etwa den Fall von Frau Kosig, das ist die Reingefallene. Die hat den Horst zunächst, geschmeichelt zwar, doch abblitzen lassen. Beim zweiten Anlauf dann nicht mehr, da blieb er kleben. Da ließ sie ihn in ihre Wohnung. Man freundete sich an. Sie sprach von finanziellen Nöten. Worauf Horst ihr Schmuck und 250 Euro abnahm, irgendwie sollte das Rettung bringen. Dann war er fort. Frau Kosig erstattete Anzeige. Drei Monate später meldete sich die Polizei telefonisch bei ihr: Man habe den Mann ausfindig gemacht, er habe einen Autounfall gehabt und habe drei Monate im Koma gelegen. Er stamme aber aus guter Familie, eine Zahnarztfamilie! Jetzt könne er für ein paar Stunden aus dem Krankenhaus heraus, und da würde er sie besuchen, um alles aufzuklären, die Sache mit dem Geld und Schmuck. Und so kam Horst tatsächlich noch einmal zu ihr, aber er hatte leider kein Geld für sein Taxi dabei, 80 Euro, ob sie vielleicht …? Und wieder gab sie ihm Geld. Und beim nächsten Mal hat er aufs Taxi verzichtet, da hat ihn seine Mutti gefahren. Da hat Frau Kosig ihm noch mal Geld gegeben, 200 Euro. Und er hat viel mit seiner Mutti telefoniert, bei seinen Eltern im Grunewald wohnte er, und er arbeitete auf dem Sozialamt in Charlottenburg. Und, so die Zeugin Kosig bei ihrer Vernehmung, schöne Zähne hatte er auch. Wegen Mutti.

Bald hat die Polizei ihn dann im Visier, das kann ja gar nicht anders sein, in ihrer Täterfotokartei ist er Stammgast seit Jahren. Man sucht nach ihm. Da weiß Horst Bescheid. An einem Freitag ruft er an: Er komme am Montag um elfe. Um sich zu stellen. Packt seine Siebensachen. Erscheint am Montag aber doch zwei Stunden später: Er hat erst noch Spielschulden abbezahlt. Jetzt kommt er wieder in Haft, wo er hingehört, die aktuelle Strafe wird aufgestockt von fünf Jahren, fünf Monaten auf je sechs. Horst wird es verhältnismäßig egal sein, spielen kann man ja auch im Knast.

Im Sog der schönen Dinge

Wie ein Knacki sich einmal mit dem Privatjet nach Zürich fliegen ließ

Herr Krupp ist in der Krise, oder aber: Seine Krise neigt sich dem Ende zu. Wenn man denn sein ganzes Leben als Krise begreift. Viel Gutes ist ihm noch nicht widerfahren, und wenn doch, so zerrann es. Im Bundeszentralregister ist er ein ungern gesehener Dauergast, mit erstem Diebstahlseintrag von 1991, da war Christian Krupp siebzehn. In den Folgejahren hat er seine aktenkundigen Aktivitäten ausgeweitet und verfeinert, zu regelmäßigen Diebstählen gesellten sich Betrug, Urkundenfälschungen im Versuchs- und Durchführungsstadium, das unbefugte Führen eines akademischen Grades, Unterschlagung, Computerbetrug, und im Laufe der Zeit dann doch auch ernsthafte Ausmaße annehmende Gefängnisstrafen: Dreieinhalb Jahre hier, anderthalb da, sechseinhalb dort. Für einen Mann mit so viel Erfahrung, man muss es sagen, hat Herr Krupp sich ziemlich oft erwischen lassen: Irgendwie, so scheint es, hat ihm zum echt großen Betrüger wohl doch immer der letzte Feinschliff gefehlt. Vielleicht ist ja sein Name sein Fluch.

Denn Herr Krupp, aus ganz irdischen Hanauer Verhältnissen stammend, ist unglücklicherweise mit dem Namen einer Industriellendynastie auf die Welt gekommen. Ob ihn das schon als Jungen beschäftigt und gewurmt haben mag, da können wir nur spekulieren, aber denkbar wäre doch der Gedankensprung: Wenn ich einer von denen bin, warum dann öde arbeiten gehen? Solche wie wir sollten es doch viel leichter haben im Leben?

Heute jedenfalls sitzt er wieder mal vor Gericht, keine Glorie umspielt ihn, nicht einmal der zusätzlich zum Krupp noch angeheiratete »von«-Nachname tut eine hebende, veredelnde Wirkung: Rechtschaffen zerknirscht lugt der Mann aus seinem blauen Pullover mit den großen Fantasiewappen darauf. Er sei, erklärt er der Richterin, vor zwei Jahren aus dem Ruder gelaufen. Und das kann man so stehen lassen. Für einen Freigänger der JVA Charlottenburg ist Herr Krupp sogar recht weit aus dem Ruder gelaufen.

Herr Krupp hat nämlich, inmitten seiner Lebensendkrise, seinen Sinn für die Ästhetik entdeckt: im Internet. Da schaut er sich schöne Dinge an, und eines davon geht ihm schier nicht aus dem Sinn: eine Villa am Zürichberg, mit unbändig majestätischem Blick Richtung See, Kostenpunkt bei ungefähr 30 Millionen. Wenn man so etwas haben könnte!

Dann muss man sich sehr ernsthaft darum bemühen. Geschenkt kriegt man nichts in diesem schwindenden Leben, die Leute ihrerseits wollen auch ihr Blendwerk zu sehen bekommen, ehe sie dir etwas geben. Zum Glück weiß Herr Krupp, wie das geht: Visitenkarte muss schon sein zum klingenden Namen, die druckt er sich irgendwo aus. Und dann benötigen die Leute auch noch das köstliche Gefühl der Distanz und des Geheimnisses: Herr Krupp verwandelt sich also zunächst in seinen eigenen Herold, Prinz zu Soundso, der im Auftrag von Herrn Krupp von der Krupp-Holding anruft: Er brauche einen Privatjet nach Zürich. Und die Privatjetfirma ist froh, einen solchen Kunden hinzugewinnen zu können. Bezahlt wird per Fax: Auf dem Fax ist ein Kontoauszug zu sehen, in dem der fragliche Betrag von 17.300 Euro steht, und sogar Spuren einer Abstempelung kommen mit durch, durchs Fax. So leicht ist es, Menschen zufrieden zu machen.

Der Flug allein ist schon Seelenbalsam für Herrn Krupp, das sind ja prächtige Flieger mit tollen Polstersesseln, die man da hat, und das Züricher Grand Hotel zählt verständlich auch zu den besten am Platz: luxuriöse Zimmer und Suiten, erlesene Gastronomie, ein Spa-Bereich von 4.000 Quadratmetern sowie eine standesgemäße Kunstsammlung … Für Transportzwecke wird ein Limousinenservice in Anspruch genommen, aber so etwas sind ja Lappalien, die 400 Euro übernimmt natürlich gern der hilfsbereite Mann von der Immobilienfirma. Und auf geht's von auch schon recht beeindruckender Hanglage hin zur Villa, denn das Hotel steht ja nicht zum Verkauf.

Und die Villa ist absolut top, daran kann kein Zweifel bestehen. Repräsentativ ruht sie, der Ausblick besticht, in den goldenen Siebzigerjahren hat sie der Schweizer Erotikfilmindustrie als Drehort gedient. Um den gastierenden Tycoon herum haben sich einige Sachverständige versammelt: Da ist der Abgesandte der Immobilienfirma, ist ein preisgekrönter Züricher Architekt, und natürlich laufen auch noch ein paar Anwälte umher. Einen davon hat Herr Krupp kostengünstig gleich im Jet mitgebracht aus Berlin. Von all diesen Herren hat immerhin der Architekt im Vorfeld versucht, sich ein Bild von Herrn Krupp zu machen. Und gewundert hat er sich schon, dass dieser Spross einer renommierten Familie so gar nicht auftauchen will im Netz. Herr Krupp aber legt ihm plausibel dar, dass Personen wie er in Gefahr leben und gut daran tun, anonym zu bleiben. Zudem steckt der Makler dem Architekten: Er habe selber Krupps Ausweis gesehen, außerdem sei der ja im Privatjet gekommen und also seriös.

Die Besichtigung verläuft zur allgemeinen Zufriedenheit, ein bisschen was ist natürlich noch zu machen an der Villa. So könnte der Einbau eines Hallenbades nicht schaden, lautet der allgemeine Tenor, und Herr Krupp, der jetzt auch mal wieder seine Ruhe haben will, sagt: »Ja, machen Sie mal.« Dann ist die Visite auch fast schon wieder vorbei, guter Dinge geht, fährt und fliegt man auseinander. Die Mitarbeiter des Preisarchitekten stürzen sich schwungvoll in eine Vorstudie zum Hallenbad-Einbau à 16.000 Euro, die Immobilienmenschen freuen sich, dass das ehrwürdige Anwesen endlich wieder einen Besitzer bekommen soll, und Herr Krupp, zurück in Berlin, spendiert seinem Lebensgefährten zur Wohnungseinweihung ein Party-Catering vom Feinsten im Wert von rund 4.000 Euro. Er ahnt da wohl schon: Nun sind sie bald vorbei, die letzten schönen Tage. Und richtig: Einen Privatjetflug später wird er festgenommen, auf dem Flughafen Zürich, und ist seitdem, was ihm gar nicht passt, in Haft. Er möchte doch bei seiner Familie sein, jetzt, wo es ans Sterben geht.

Seit 1997 weiß er, dass er HIV-positiv ist, sagt Herr Krupp. Seitdem hat er auch seine multiple Drogensucht entwickelt: Kokain, Speed, Ecstasy, Diazepam, alles Mögliche. Lymphknotenkrebs hat er seit ’95. Und Ende 2009 haben ihm die Ärzte in der Charité mitgeteilt, er habe einen Gendefekt, das Stevens-Johnson-Syndrom, eine hochgradige Medikamentenallergie. Da ist dann alles abgesetzt worden. Ein Arzt hat ihm noch fünf bis sieben Jahre in Aussicht gestellt. Ja, und das war dann der Punkt, an dem die schönen Dinge Oberhand gewannen über Herrn Krupp. Der Punkt, an dem er aus dem Ruder lief. Die Richterin lässt sich alle seine Symptome aufzählen, der arme Herr Krupp! Trocken sagt der Staatsanwalt: Also, bislang habe er immer noch kein Attest gesehen.

Doch das soll er jetzt kriegen: Der Anwalt des vielfachen Betrügers und Urkundenfälschers klaubt ein paar Zettel hervor, die stammen wohl vom Klinikum Gießen. Da steht alles drauf. Die HIV-Infektion, das Stevens-Johnson-Syndrom, die Polytoxikomanie, ein Krampfanfall zur Nacht. Dann wird das wohl seine Richtigkeit haben. Und noch etwas zaubert der Anwalt hervor: bedingte Beweisanträge. Falls das Gericht eine Strafe von mehr als zweieinhalb Jahren ausspricht, verlangt er die Vorladung diverser Zeugen aus der Schweiz! Da fügt die junge Richterin sich. Denn Zeugen aus der Schweiz herbeizuschaffen ist auch ohne Charterjet teuer genug.

Der tapfere Taxifahrer

Wie ein cleverer kleiner Koreaner sich einer gewalttätigen Übermacht zu erwehren wusste

Beide Angeklagte sind äußerst schreckhaft. Was sich schon vor Beginn der Verhandlung zeigt. Gerade ist man als müder Reporter noch in die neueste Acrylbildausstellung in den engen, schummrigen Fluren des Amtsgerichts vertieft – schon viel Schlechteres gesehen hier! –, da stromert eine rothaarige Anwältin herbei: Die war schon bei Saal 2108. Wohinter sich ein besserer Schuhkarton mit schlechterem Ausblick verbirgt. Dort, im Vorfeld der Schlacht, hat sie klug die Lage sondiert. Und die Lage ist ernst: Es ist ein Aufkommen an Journalisten zu beklagen! Sogar ein Fotograf steht da, die Waffe im Anschlag.

Also so hat sich das der eine Taxifahrerverprügler überhaupt nicht vorgestellt! Erregt redet er mit seiner Anwältin, die ihn ums nächste Eck in Sicherheit zieht. Sie versucht, den Aufruhr zu bändigen: Das sei eine öffentliche Verhandlung! Und da die Tat der beiden Taxifahrerverprügler wohl heute sogar schon im Radio vermeldet worden ist, ist das Interesse des geneigten Berlin natürlich groß. Scheu lugt der eine, langhaarig mit einem Dutt verzierte Taxifahrerverprügler, 36, immer mal wieder den Flur hinunter: Die Bestie lauert immer noch. Die Bestie kann da sehr zäh sein.

Der zweite Taxifahrerverprügler, 27, hat es ebenfalls emotional nicht ganz leicht: Lange wartet er, soldatisch kurzfrisiert, mit einem überraschend großen, sinnlichen

Mund mitten im hageren Gesicht, im Warteraum auf seinen Anwalt, unruhig zuckt das Bein. Wie eine Jungfrau errötend spritzt er dann empor, als der Anwalt mit spitzen Schuhen und schlabbrigem grauen Anzug endlich auch auftaucht, rammt noch einen Plastikmülleimer mit dem Fuß: Dann kann man sich zu viert in die sichere Stellung ums Eck zurückziehen. Es wird eifrig geflüstert. Der Held des Tages aber sitzt ebenfalls schon die ganze Zeit im Warteraum, beinah Knie an Knie mit dem Kurzhaar hat er ausgeharrt: Das ist Herr Kang, ein kleiner Mensch mit Brille, den wir altersmäßig in den Fünfzigern vermuten, und der doch, wie bei den Asiaten üblich, zwanzig Jahre älter ist, als er aussieht: 71 Jahre alt ist er, klärt die knuffige Dolmetscherin vor Gericht auf – nach koreanischer Zeitrechnung sogar schon 72! Auf ihn kommen wir später zurück.

Was Herrn Kang widerfahren ist, verkündete die Justizpressestelle wie folgt: »Die Angeklagten sollen gemeinsam am 18. Dezember 2011 einen Taxifahrer in Berlin-Charlottenburg während einer Fahrt überfallen haben, um in den Besitz seines Bargeldes zu gelangen. Hierbei hätten sie ihn wechselseitig auf den Kopf geschlagen.« Ergibt einen vierfachen Anklagevorwurf. Räuberischer Angriff auf einen Kraftfahrer, gefährliche Körperverletzung, gefährliche Eingriffe in den Straßenverkehr, versuchte Nötigung. Schon für den ersten Tatbestand sieht Paragraph 316a StGB sehr humorlose fünf Jahre Mindeststrafe vor. Für die beiden, vielfach vorbestraften Angeklagten steht vielleicht je eine Existenz auf dem Spiel. Beide sind lange drogenabhängig gewesen, beide haben sich auf dem Weg hinaus aus dem Schlamassel befunden: Entzug hier wie dort, erste zarte Ansätze, dem Leben vielleicht doch noch eine akzeptable Richtung zu geben. Der mit dem Dutt hat die letzte Zeit in therapeutischen Wohnprojekten gelebt. Sein Kurzhaarkumpel kann eine Bescheinigung vorlegen, wonach er sich aus seinen üblen Dunstkreisen herausbegeben haben und im ländlichen Umfeld dem Vaterwerden entgegensehen soll – ohne je etwas gelernt zu haben, ohne Job. Der Staatsanwalt guckt trotzdem so streng, wie er kann, und findet, man müsse »das Ganze auch mal generalpräventiv sehen«. So viel geschehe ja in Berlin an Gewalttaten, in denen eine Übermacht von Angreifern über einen Einzelnen herfalle – oft mit den entsetzlichsten Folgen! Dafür sollen jetzt also Lang- und Kurzhaar ins Gefängnis. Vermutlich wird das ja Kohorten von Gewalttätern von ihrem Treiben abhalten.

Die Frage ist nur: Sind das so richtig fiese Räuber und Schläger? Im Bundeszentralregister sind sie eher wegen Drogendelikten, Diebstählen, Erschleichungen bekannt. Der Richter sieht es ihnen glatt an: »Gewalttäter sind die nicht.« Wer soll sie jetzt aber heraushauen aus ihrer misslichen Lage?

Auf tritt der Held, Herr Kang, 71 beziehungsweise 72. Ein tüchtiger, kundiger Taxifahrer ist er, wie sie ja – »Wo is'n das?« – in Berlin immer seltener werden. Herr Kang schildert, was wirklich passiert ist an jenem Abend des 18. Dezember 2011: Schon recht übellaunig sind die beiden Herren damals, nachts um vier rum, vor der Disko Q-Dorf bei ihm zugestiegen. Der Dutt setzte sich auf den Beifahrersitz, sein stiller Kompagnon nahm hinten Platz. Allerdings hatten weder Disko noch Wodkamix die beiden in Feierlaune versetzt. Erst stritten sie sich noch mit einem dritten Herrn, der es wohl ebenfalls auf Herrn Kangs Taxi abgesehen hatte, dann befahl der Dutt: Losfahren! Herr Kang merkte an, dass er zunächst ein Ziel wissen müsse. Einfach losfahren! Geradeaus! Von hinten konzedierte der Kurzhaarkumpel: Karl-Marx-Allee. So fuhr Herr Kang los, und kurz darauf nahm das Verhängnis seinen Lauf. Herr Kang hatte eine kleine Tasche zu seiner Rechten, die enthielt einen Joghurt und Zwischenmahlzeiten. Hätte ja aber auch ein Schatz drin sein können! Die Tasche erregte des Dutts Neugier, und so griff er nach ihr, Herr Kang aber sagte: Er solle das lassen. Umgehend erhielt er einen Schlag ins Gesicht. Und dann den nächsten. Der Kurzhaarkumpel in seinem Tran erkannte immerhin noch: Da wurde auf den Taxifahrer eingehauen. Also schlug er sicherheitshalber mit. Herr Kang schützte sich mit der Rechten, steuerte mit der Linken und vermisste im Übrigen seine Brille. Anhalten aber wollte er nicht. Wer weiß denn, ob sie ihn dann nicht totprügeln würden?

So düste man dahin durch die Berliner Nacht, hinterm Kudamm die Joachimstaler Straße hoch Richtung Zoo – und während er immer noch rätselte, warum auf ihn eingedroschen wurde, wusste Herr Kang auf einmal, was zu tun war: Er hielt den Kurs nordwärts, Ampeln zogen vorbei und – Gott sei Dank – keine betrunkenen Passanten, dann donnerte Herr Kang recht unorthodox über den Hardenbergplatz neben dem Bahnhof Zoo, rumpelte, an der von ihm auserkorenen Stelle, recht knackig die Bordsteinkante hoch, bremste abrupt – und war am Ziel. Direkt vor der Wache der Bundespolizei. Herr Kang rief um Hilfe. Und schon Sekunden später zog man die wirren

Schläger aus dem Wagen. Es geht eben nichts über einen Taxifahrer, der sich auskennt.

Heute sind die beiden ganz zerknirscht. Mit Alkohol kennen sie sich nicht so gut aus! Beteuern die Drogenveteranen. Und beide haben sie, just in den Minuten der wilden Jagd, einen Filmriss erlitten … Für die Herren steht viel auf dem Spiel. Der Kurzhaarkumpel hat schon einen Zettel mit günstiger Sozialprognose vorgelegt, jetzt bessert er noch nach: Er habe zwar keine Erinnerung mehr an den Vorfall, bitte aber dennoch um Entschuldigung. Er sei nicht so! Da spürt auch der Dutt sich vom Bedauern mitgerissen und meldet: Er will Herrn Kang seine Brille ersetzen! Noblesse obsiegt eben. Woran sich auch das Gericht hält: Die schwerwiegenderen Anklagepunkte lässt man fallen. Behält eine gefährliche Körperverletzung übrig. Und mit einer aller-aller-allerletzten Bewährungsstrafe kommen die Täter davon: Ein Jahr pro ausgenüchterter Nase. »Bei beiden«, sagt der Richter, »ist es zähneknirschend und händeringend.«

Vaters Asche war sonst wo

Wie in Köpenick Dutzende Tote spurlos verschwanden

Der menschliche Körper ist immer im Weg. Er hindert uns daran, uns nicht wehzutun. Er foppt uns beim Versuch, gute Menschen zu werden. Stört uns ständig beim Fußballspiel. Und wenn er von seinem Besitzer nicht mehr gebraucht wird, hat die Nachwelt das Problem. Wohin damit? Mit ungeliebten kalten Körpern? Fragen sich die Hinterbliebenen – je ärmer sie sind, desto drängender. Denn dass man sich auf einmal zu kümmern hat um den Menschenleib, der sich nicht mehr rührt und mit dem man sich nicht mehr anschweigen kann, das ist Vorschrift. Irgendjemand muss ja die Entsorgung dieses vergänglichen Dings auf sich nehmen. Im Moment des letzten Ausatmens ist es weitervererbt worden. Gebeten hat da aber keiner drum. Nun muss es weg. Und das ist teuer.

Immerhin, von der Sakralpropaganda von Kirche und Fernsehfilm hat man sich schon einigermaßen befreien können im Deutschland des dritten Jahrtausends, und in den gottlosen Gebieten von Berlin und Brandenburg allemal. Blankpolierter Eichensarg, Blumenschmuck, Kapelle und Predigt zur Beisetzung sind längst im Schwinden begriffen, und was soll das auch, diese Zeit- und Materialverschwendung. Der Mensch von heute, wenn er ausgedient, wenn er seine Mission als Kleinteil des spätkapitalistischen Wirtschaftskreislaufs erfüllt hat, verlangt nur noch nach effizienter Entsorgung. Verbrennen und verstreuen will man sich lassen, wozu braucht's einen Grabstein, der in hundert Jahren dann doch wieder ausgerupft wird?

Herr Quasthoff, 39 Jahre alt, ist ein einnehmender Mensch. Sehr aufmerksam, sehr offen sitzt er da in seiner Anklagebank, er folgt dem Prozess mit Wohlwollen und Demut, die Hände hat der füllige kleine Mann gefaltet und schaut über die Holzbrüstung wie eine Mischung aus Laienpriester und Dingsda-Kind. Der Prozess scheint seinen Segen zu haben, sehr, sehr bereitwillig hat er alles Zuzugebende zugegeben, rückhaltlos möchte er dazu beitragen, dass der jahrzehntelange Schwindler, welcher leider ebenfalls in seinem rundlichen Körper steckt, nun seiner verdienten Strafe zugeführt wird. Auf Anfrage kann er alles immer sehr gut erläutern, er klärt Zusammenhänge auf, wo es erforderlich erscheint, er urteilt über die Betrugstaten mit einer Mischung aus Ernst und menschlichem Verständnis, als wäre er sein eigener Sozialarbeiter: Er will, sagt Mike Quasthoff, nach Verbüßung dieser nächsten, hier und heute abzuholenden Gefängnisstrafe, in der zweiten Hälfte seines Lebens dann keine Straftaten mehr begehen! Das wird die Richterin freuen zu hören. Mike Quasthoff ist ein hoffnungsvoller Fall. Er trägt einen unsichtbaren weißen Kragen am Hals. Einem wie ihm würde man gern begegnen, wenn es an letzte Dinge ginge. Die dann auch noch mit unangenehmen Geldfragen verquickt sind.

Kein Wunder, dass sein Geschäft einschlug, damals, als er im Jahr 2010 in der Freiheit Fuß zu fassen versuchte. Zunächst jobbte er bei einem berüchtigten Köpenicker Billigbestatter, über dessen kriminelle Karriere hier noch mal ein eigener Text stehen könnte. Dann wurde

Quasthoff mal wieder verknackt. Verlor so den Job. Und beschloss, bis zum Haftantritt Bestatter zu sein – in Deutschland wohl ganz unbürokratisch möglich. Man meldet ein Gewerbe an, erstellt eine Internetseite mit Beerdigungs-Kampfpreisen, und schon steht das Telefon zu Hause nicht mehr still (Ladengeschäft hat man ja noch gar keins): Menschen wollen einem ihre Leichname überstellen. »Das waren Leute, die wenig Kontakt zu den Verstorbenen hatten«, sagt Quasthoff vor Gericht, »oder die finanziell nicht so in der Lage waren …«

Schnell kamen da sehr viele Aufträge zusammen, an denen jeweils wenig zu verdienen war, und die Mike Quasthoff gar nicht mehr alle abarbeiten konnte. Andererseits traute er dem Erfolg wohl nicht so recht, Betrüger sind ja recht misstrauische Leute, und wollte daher auch niemanden einstellen jetzt. Und so kam irgendwann, was da hatte kommen müssen. Bald begann das Kundenrumoren auf *qype.com* und auf *bestatter-preisvergleich.de:* »Ich musste sechs Wochen auf die Sterbeurkunde warten. Leider konnte ich mit der Sterbeurkunde nichts anfangen, da das Geburtsjahr meiner Mutter falsch eingetragen war. Auch mit einem Termin für die Beisetzung gab es große Probleme!« – »Der erste Kontakt war angenehm und kompetent, aber die Umsetzung der Versprechungen klappte nur mit Einschränkungen. Friedhof musste ich selbst anrufen, mehrmals haben mein Mann und ich Herrn Quasthoff kontaktieren müssen, und am Ende, zur Beisetzung, die Krönung: eine falsche Schmuckurne.« – »Mein Mann wurde erst 18 Tage nach der Trauerfeier krematiert. Auf die Seebestattung haben wir 11 Wochen gewartet. Nach 1.000 Nachfragen und Lügen des Bestatters haben wir sie selber organisiert.« – »Wer weiß etwas über dieses Unternehmen? Seit ich die Rechnung für die Verbrennung gezahlt habe, ist niemand mehr erreichbar, und die Leiche oder die Asche von meinem Vater ist sonst wo.«

Bald darauf sprang dann auch die treusorgende Berichterstattung an, Volkes vermeintliche Stimme dröhnte über den Boulevard: »Mann fiel auf Beerdigungs-Betrüger rein.« – »Der Gangster wurde für andere abscheuliche Geschäfte bereits im August vergangenen Jahres zu drei Jahren und drei Monaten Haft verurteilt. Seine Internet-Firma ist inzwischen aufgelöst.« – »Das Paket mit der Asche von Oma Gertrud landete im DHL-Depot für ›unzustellbare Sendungen‹ in Wuppertal.«

Herrn Quasthoff tut das alles sehr leid. Jetzt erst, sagt er, hat er erkannt, dass all diese Betrügereien, die sein Leben prägten, alle eben doch auch mit ihm zu tun hätten! Alle belogen und betrogen habe er, seine Beziehung sei darüber kaputtgegangen. Die übriggebliebenen Urnen jedoch sowie auch einige schon etwas länger auf ihre Einäscherung wartende Leichname habe er seinerzeit seinem Ex-Chef, dem berüchtigten Discount-Bestatter aus Köpenick hinterlassen, auf dass der sich kümmern möge: Der nämlich, so heißt es, setzt in der Schweiz bei, regelmäßig fährt er mit einem Kofferraum voller Urnen hin, und dort tue er dann letzte Gänge in den herrlichen Forsten. (Gesehen hat das allerdings noch keiner, und eine entsprechende Genehmigung hat er in der Schweiz auch niemals beantragt – nun ja.)

Herr Quasthoff jedenfalls ist in sich gegangen. Im Moment tue er viel, um seine Defizite aufzuarbeiten, in psychologischen Gruppen, in Einzelgesprächen. »Ich habe von Anfang an die Bereitschaft gezeigt«, sagt Herr Quasthoff, »wenn mir die Möglichkeit gegeben wird, mich einer Psychotherapie zu unterziehen.« In der JVA sei er derzeit Insassenvertreter, er habe ein Fernstudium Marketing und Controlling in Stuttgart begonnen – und so hat er sie also doch noch irgendwo in seinem moppeligen Körper gefunden und herausgekramt, seine golden schimmernde Seele: Durch umfassendes Geständnis in 19 Fällen hat er der Justiz bei ihrer Arbeit sehr geholfen; konsensual nickt er, als sein Urteil verkündet wird: drei Jahre, sicher die letzten, in Haft. Kurz nachdem er zum heutigen Prozess geladen wurde, hat er sogar sehr ernsthaft mit der finanziellen Abarbeitung seiner Schuld begonnen: Drei Raten à 30 Euro hat er schon an den Geschädigten Meier überwiesen, und, sagt er, »sobald der Meier erledigt ist, werde ich mich den anderen zuwenden«.

Bestechung in Öl

Wie eine Malerin einmal die Polizei bezirzen wollte

Zwei Gerichtsreporter gehen nach Hause. Sie haben dieselbe Verhandlung gesehen. Aber einer von ihnen ist ein Mann. Und die andere nicht. Sie könnten noch lange gehen jetzt, könnten Alt-Moabit abschreiten bis zur Untersuchungshaftanstalt, einmal drumherum und zurück, könnten über die Bärenbrücke in den Tiergarten wandeln und einmal um die Goldelse herum – niemals würden sie sich einig werden.

Das sei ja wohl eindeutig gewesen, sagt der Herr Gerichtsreporter: Die Angeklagte – eine solche Nervensäge! Vom ersten Moment an ist sie ihm ein rotes Batiktuch gewesen, Frau Karpf, 55, eine imposante, verwelkende Walküre mit brüchigem Wallehaar und dauerhaft imprägnierter Beleidigtheit im Gesicht: Alles spielt ihr übel mit auf dieser Welt! Und so wehrt sie sich mit Monologen, hoch exkursiven Nicht-Antworten und mannigfachen Hinweisen auf viele Wehwehchen, die sie plagen und zu denen sie wohl auch diese Gerichtsverhandlung zählt. Dem Gerichtsreporter, einem stets sachdienlichen Hanseaten, kann man mit so was nicht kommen: Wie sie schon die Aufnahme der Personalien zur großen Opfer-Show gemacht hat! Die Kunstmalerinnenkarriere ist in den letzten Jahrzehnten ein wenig ins Stocken geraten, ledig ist sie und kinderlos, und seit sie 2004 einen Fahrradunfall hatte, ist sie gehbehindert, bekommt dauerhaft Physiotherapie, und jederzeit kann ihr das Hüftgelenk rausfliegen. Zwei Jahre habe sie im Rollstuhl gesessen! Klagte die Walküre an. Dabei hatte die Richterin doch nur nach ihren Einkommensverhältnissen gefragt. Nee, also, da ist man machtlos als Betrachter: Wie soll man dieser Frau Glauben schenken, die doch auf jede Frage gut erkennbar mit Ausflüchten, Umflüchten und galoppierender Ich-Prosa reagiert! Als die Polizei ihren morschen alten Opel Kadett in der Tauentzienstraße aus dem Verkehr gewunken und den Wagen, wie geboten war, inspiziert hat: Ist sie da reumütig eingeknickt und hat sie den Arm des Gesetzes klaglos das Seine tun lassen, also etwa tief in die Radaufhängung des Kadett hineingreifen und nach der Achsmanschette tasten lassen, ob die ordnungsgemäß ihren Dienst verrichtet – hat sie das?

Kuchen! Noch vor Gericht meint sie, sich aufregen zu dürfen: Dass die beiden Streifenbeamten, nachdem sie eine gerissene Manschette diagnostiziert hatten, das Auto einfach so sicherstellten. Dabei war Frau Karpf ja gar nicht ordentlich bekleidet, mit öffentlichen Verkehrsmitteln kennt sie sich nicht aus, und ihre Gehhilfe hatte sie, die doch gehbehindert ist, auch nicht dabei! Da hat sie, sagte sie, die Beamten angefleht. Und da hat sie auf ihren Lebensalltag hingewiesen: Wie sie den denn jetzt wohl bewältigen solle! Und wenn die Herren Fotos von ihrem Wagen bräuchten, da könnte sie ihnen doch auch welche schicken! Aber auf nichts eingelassen haben die sich, sagte die Malerin mit immer noch glimmender Empörung, und, sagte sie, die Vorwürfe seien aus der Luft gegriffen: Niemals habe sie den beiden Beamten ein Gemälde angeboten, ihre letzte Habe von Wert, so sie von der Sicherstellung absähen … Das könne ja gar nicht sein, sagte die

Kunstmalerin, ihre Bilder stünden an der holländischen Grenze, sagte sie, zwei mal drei Meter.

Der Fall liegt klar, im Auge des Betrachters: So ausufernd diese Person ist, so selbstverständlich wird sie versucht haben, die Sache unbürokratisch zu regeln, und außerdem: Sich einen solch bizarren Bestechungsversuch auszudenken, dazu bedarf es doch einiger Fantasie. Und die ist so ziemlich die letzte Regung, die in den beiden Streifenkollegen zu vermuten ist. Ausgesucht dickhäutig haben sie heute ebenfalls Rede und Antwort gesessen. Der Zeuge Brock, 49, ist hereingeschlufft, griesgrämiges Ledergesicht über freiheitlicher Harley-Davidson-Jacke, und eine Plastiktüte hatte er aus irgendwelchen Gründen auch noch dabei vor dem nicht ganz so hohen, aber durchaus doch auch würdevollen Gericht. (»Normalerweise mache ich keine Verkehrssachen«, hat die dauergenervte Richterin an einer Stelle verkündet.) Und so hat Herr Brock den Hergang der Ereignisse aus behördlicher Sicht geschildert: Wie er mit dem Kollegen Ziervogel Ausschau nach verdächtigen Fahrzeugen gehalten hat, einem Kollegen, der auf ältere Pkw spezialisiert sei: Opel Kadetts würde man oft anhalten, und in der Regel sei da sofort der Rost am Rahmen zu sehen und seien erhebliche technische Mängel anzunehmen. »Wir können die aber nicht feststellen, daher werden die in der Regel sichergestellt.« Und so war es auch dieses Mal: Das verdächtige Fahrzeug wurde aus dem Verkehr gewunken, der spezialisierte Kollege habe sich um Fahrzeug und Fahrerin gekümmert, derweil Herr Brock selber Abfragen zu den beiden gemacht habe. Und als Frau Karpf im weiteren Verlauf der Begegnung von den Kosten hörte, die da nun auf sie zukämen, da sei sie »trauriger geworden«, sie hätte wohl Schulden bei irgendwelchen Ämtern, und da habe sie zum Kollegen Ziervogel gesagt: Sie habe zu Hause noch ein Bild, das sie den beiden Herren überlassen würde, wenn sie von der Maßnahme absähen. Darauf bot Kollege Ziervogel ihr einen Alkoholtest an, alles ganz normal: Erst bietet man einen Atemtest an, und wird der verweigert, so bietet man eine Blutentnahme an. Und wird die auch verweigert, so rufen die Beamten einen Richter an, der das dann anordnet. Also hat Frau Karpf widerwillig gepustet und ist ihr Auto losgeworden und ist davongehumpelt. Sie habe sich noch, ergänzte Kollege Ziervogel später, Parfüm kaufen wollen, und da habe der Kollege sie auf den Rossmann gegenüber hingewiesen, und Frau Karpf habe ganz empört entgegnet: »Ich gehe doch nicht zu Rossmann!« Und so sei sie zum KdW gegangen.

Was das genau mit der gerissenen Achsmanschette zu tun hat, entzieht sich unserer Kenntnis, aber für die Gerichtsreporterin steht spätestens nach diesem Schlenker fest: Das sind fiese Gesellen, diese beiden, doof wie es nur die Polizei erlaubt, aber eben auch hinterhältig. Was habe der Exkurs mit dem KdW da sonst gesollt? Nur um Frau Karpf schlechtzumachen. Nein, den Kollegen sei nicht zu trauen, und die Strafanzeige hat der Brock ganz richtig auch erst angefertigt, nachdem Frau Karpfs Widerspruch auf dem Tisch lag, vier Tage später. Der Fall liegt klar, im Auge der Betrachterin: Die beiden Dickhäuter waren einfach nur genervt von Frau Karpf und haben sich das Bestechungsmanöver im Nachhinein zurechtgelegt. Die Berichterstatter stehen in der kühlen Moabiter Luft zwischen Juristencafés und Dönerbuden, schauen sich an und schütteln synchron mit den Köpfen: Unglaubliche Leute gibt's! Und der Gerichtsreporter hat Frau Karpf gemeint. Und die Gerichtsreporterin meint die Beamten.

Die Malerin jedenfalls kann hier niemand mehr retten. Denn egal ob Männlein, ob Weiblein, ob schlechtgelaunt oder nicht, eines gilt doch für jeden Richter und jede Richterin: Zwei Polizeibeamte mit ungefähr derselben Aussage, das zählt wie eine Steintafel vom Sinai – Frau Karpf wird also für schuldig befunden und muss 90 Tagessätze à 15 Euro Strafe zahlen. Dass sie das nicht einsieht, versteht sich. Seit 1974, sagt sie in ihrem flammenden Schlusswort, habe sie den Führerschein und in dieser Zeit noch keinen Kratzer gehabt, Motorrad sei sie auf drei Kontinenten gefahren, sie habe in der Situation Existenzangst bekommen, wobei allerdings sämtliche Vorwürfe aus der Luft gegriffen seien, und, ergänzend: Sie kaufe sehr gern bei Rossmann ein!

Der traurige Witz der Existenz

Wie ein junger Mann in Neukölln zum Räuber wurde, weil er verschlafen hatte

Quentin hatte verpennt. Das kam vor. Mit dem Schlafen hatte Quentin so seine Probleme. Normalerweise hätte eine Freundin ihn geweckt. Aber es klappt eben nicht immer alles. Und jetzt war es also elf Uhr. Nichts mehr zu machen. Der Termin beim Arzt wäre zwischen neun und zehn Uhr gewesen. Später brauchte man da gar nicht erst aufzuschlagen. Der Tag war gelaufen. Jetzt würde Quentin also Geld brauchen.

Ein paar Stunden lang dümpelte er so herum. Wusste nicht, woher er das Geld nehmen sollte. Mit der Schuldenmaschine Handy hatte er schon über tausend Euro Miese gemacht. Die WG-Kasse bereits nach Strich und Faden geplündert. Das monatliche Geld vom Papa aus Bayern war lange verbraucht. Jetzt würde Quentin nur noch abwarten können. Warten auf die Unruhe. Warten auf den kalten Schweiß. Die Schmerzen.

Am Nachmittag hält er es nicht mehr aus. Irgendetwas muss doch zu machen sein, wenn man kein Geld hat. Irgendetwas muss doch auch in diesem Land gehen, wo die Ärzte einem nur zwischen neun und zehn Uhr helfen können. Er packt Handschuhe in seinen Rucksack, es ist ein Februartag, er packt einen Schlauchschal ein. Aus der WG-Küche holt er ein Küchenmesser. Bei einem seiner Mitbewohner greift er ein Pfefferspray ab. Quentin tut alles in seinen Rucksack, er geht los, steigt in die U-Bahn.

Boddinstraße steigt er wieder aus. Berlin-Neukölln, du schöne Stadt! Hierhin kommen sie alle, auf dich läuft alles zu. Dich sucht, wer es in der Heimatprovinz nicht mehr aushalten kann. Berlin-Neukölln, du stehst für jeden offen, du bietest allen alles. Du wirst doch auch noch diesen 21-Jährigen versorgen können …

Die Richterin fordert Quentin auf, den Tathergang einmal selber zu schildern. Da kriegt Quentin ganz rote Bäckchen, aber er erzählt, er will erzählen. Und wie schön ist es, dass jemand noch rote Bäckchen kriegen kann, dass das Blut noch lebendig zirkuliert, rotiert in ihm. Denn der Quentin einer möglichen Zukunft begegnet einem ja viel zu oft in Neukölln, wo er das Wrack seiner verunfallten Existenz zu Markte trägt: Jeden Tag trifft man diese abgemagerten, bleichen Gestalten mit speckigen Jeans; Gestalten, denen Zähne fehlen und die sich kaum noch artikulieren können, wenn sie um eine kleine Spende bitten. Und die doch oft nicht viel älter sind als Quentin jetzt. Die sachliche Richterin sieht ihn da sitzen, der routiniert brummlige Staatsanwalt bemüht sich um den einen oder anderen donnernden Ausbruch, um die ewige Autorität des Gesetzes aufblitzen zu lassen, die hennagefärbte Gutachterin tut, was die Gutachter immer tun: Wirbt um Verständnis für diesen jungen Menschen mit seinem Rucksack an Lebensgeschichte und mit seinem inneren, niemals mehr endenden Fegefeuer, das in den Eingeweiden tobt; möglichst gefasst und neutral erscheinend schreibt auch der Chronist in seinen großen Block hinein, und doch denkt er, was wohl alle hier denken: Liebes Schicksal, bitte rette doch den hier. Er ist so jung. Er sollte doch lieber Gedichte schreiben oder Schlagzeug spielen oder was auch immer solche rosigen, noch kindlich in die Welt schauenden Menschen sich vornehmen können. Hat aber das Schicksal Gnade übrig für ihn?

Sicher ist nur, dass Quentins Seele sich in einem Aggregatzustand befindet, der Schicksalsschläge anzieht: so antriebsarm, so offen für alles und auch für jeden Mist, wie er seit der Pubertät und der Trennung seiner Eltern geworden ist. So ist er in Abhängerkreise geraten. Abhängigkeitskreise. Ist wegen Haschisch auf der Schulfahrt vom Gymnasium geflogen – im Bierstaat Bayern. Ist immerhin zum Studieren nach Berlin gegangen. Wo alles weiter seinen Gang ging: Einmal wollte er Haschisch kaufen, und sie haben ihm Heroin in die Hand gedrückt. Da hat er dann eben Heroin genommen. Jetzt frisst es ihn auf. Noch vor Gericht sitzt er so fatalistisch da; manchmal, wenn er nach seinem Leben gefragt wird, lacht er kurz und lautlos in sich hinein, als ob ihm eine Antwort durch den Kopf ginge, die seine gesamte Existenz in einem traurigen Witz zusammenfasste – aber dann zieht das vorüber. Und Quentin behält den Witz für sich.

Die Fakten zur Tat aber erzählt er, in seinem markanten fränkischen Zungenschlag: Dass er seit Oktober im Methadonprogramm gewesen ist. Wie er am fraglichen Morgen den Termin beim Substitutionsarzt verpennte. Wie er dann herumstromerte, die Waffen seiner Wahl im Gepäck. Und, auf Nachfrage, was ihn jetzt erwartete, wenn er nicht noch irgendwie an Heroin kam: Durchfall, Schwitzen, Kälte, laufende Nase, diese Aufgedrehtheit, bohrende Schmerzen im Bauch und abwärts …

Quentin kommt am Salon Daniela vorbei, in der Herrfurthstraße in Neukölln. Salon Daniela, das klingt nicht nach viel Gegenwehr, von außen ist wenig zu erkennen, rückwärts tritt Quentin ein, nestelt noch an seinem Rucksack herum, dann geht er auf die Leute los: Eine Handvoll Kunden sitzt da im Laden, Daniela selbst trägt gerade Farbe auf Kundenhaar auf. Geld her, Geld her, ruft Quentin, Geld her. Daniela bleibt erst mal abwartend, denn das ist ja ihr Geld. Da wird die Verzweiflung größer, mit dem Küchenmesser fuchtelt Quentin ein wenig durch die Luft, und um herauszustreichen, dass er ein wirklich gefährlicher Mann ist, zischt er jetzt auch großzügig Pfefferspray durch den Laden. Da begibt Salon-Daniela sich doch noch hinter ihre Kasse, wirft pikiert ein paar Scheine auf den Boden. Quentin klaubt zwei Fünfziger auf, dann flieht er. Zurück bleiben die Kunden, die jetzt tränend den Laden verlassen, und Daniela, die den eintreffenden Beamten erst mal eine grobe Schätzung ihrer Verluste angibt: So um die 400 Euro werden das gewesen sein, um die der junge Räuber sie erleichtert hat! Das Berliner Gemüt der Anwesenden aber zeigt sich wenig traumatisiert: »Janz schön rumjezappelt hat der! Sah aus wie wenn er dit zum ersten Mal macht.« Ärgerlich nur, dass der Papierkram mit den Beamten so lange dauert, hat man doch eigentlich fertig sein wollen jetze – und Billard spielen im Herrfurth-Eck!

Na gut, irgendwann sind alle Daten aufgenommen, und schon schlufft man los, in Gestalt des 50-jährigen Herrn Oliver Mampe. Mampe zieht also zum Herrfurth-Eck und ahnt nicht, dass in seinem Körper ein Glücksengel wohnt. Denn wen sieht er gleich als erstes, wie er reinkommt im Eck? Sitzt da lang und lulatsch an der Theke, schwarzer Kapuzenpulli, und hat sich erst mal vier Whisky reingedreht? Ganz richtig, es ist der Räubernovize, und nicht mehr auf die Straße getraut hat er sich, weil es da ja sicherlich von Polizei wimmelt, die überall nach ihm sucht. So sitzt er recht schwammig da, bemerkt Herrn Mampe nicht und kommt erst wieder in konkreteren Kontakt mit der Außenwelt, als die Beamten ihn zu Boden bringen. Die Erstvernehmerin sagt vor Gericht: »Er hat geweint, gezittert, die Nase lief, er hat über Bauchweh geklagt.« Und so geht Quentins Räuberkarriere – wie wir wirklich hoffen – zu Ende, bevor sie richtig angefangen hat: mit einer Haftstrafe von zweieinhalb Jahren und einer Einweisung, die ihn retten soll. Die nächste Zeit wird er in einer Entzugsklinik verbringen, im ruhigen Umland von Berlin. Es hätte auch eine Alternative in Neukölln gegeben, aber von Neukölln hat Quentin erst einmal genug gesehen, sowie Neukölln von ihm. Und wenn wir für den Ortsteil Moabit sprechen dürfen: Auch hier möchten wir Quentin bitte nie, nie mehr wiedersehen.